Damian Berens

Die Straße ins Licht

Geschichten

Antje Lange Verlag Berlin

D a m i a n   B e r e n s

Die Straße ins Licht

Geschichten

1. Auflage 2004
Antje Lange Verlag, Berlin 2004-09-28

Umschlaggestaltung: Evelyn Klein

Auslieferung: damianberens@hotmail.com

ISBN: 3—92 89 74—03—3

Vorwort

Dies ist bereits das zweite Buch des Autors Stephan Damian Berens in meinem Verlag. Wie in seinem ersten Buch „...ins Freie“ aus dem Jahre 1998 handelt es sich wiederum um eine Textsammlung mit Geschichten zwischen Fiktion und autobiografischer Realität.
Themen, die überwiegend tabuisiert werden, wie Erfahrung von Selbstmord, Beziehungen zu Prostituierten, das sogenannte Establishment oder die Situation psychisch Kranker und ihre Ghettoisierung spricht Stephan Damian Berens unverblümt, ja manchmal schockierend offen an.
Seine Botschaft lautet, nicht bei Halbheiten und Kompromißlösungen stehen zu bleiben, sondern die Suche nach einem Leben nach den eigenen Möglichkeiten konsequent zu gehen.

Antje Lange, Verlegerin, Berlin im Oktober 2004

Inhalt

Wellenrauschen	S.6
Arbeiten für den Weltuntergang	S.7
Ein Mensch des Zeitalters	S.10
Tagebuch eines Nicht-Etablierten	S.57
Cigarette in der Karibik	S.64
...und zudem noch Schnupfen	S.67
Mach dir einfach ein schönes Ende	S.70
Der Tod begegnete ihm im Alltag	S.73
Dem Nichts war langweilig geworden	S.75
Jeder für sich...ein Ganzes	S.80
Der siebte Tag	S.86
Lauras Suche	S.89
Die Leere	S.98
Aufzeichnungen eines Frustrierten	S.108
Ein Weilchen	S.124
Wir sehen uns am jüngsten Tag	S.125

In Liebe und Dankbarkeit meinen Eltern gewidmet...

und für Helga

Für alle, die in diesem Leben keinen Ausweg mehr sahen und selbst ihre Richter wurden.
Viele unterschätzen diese meist im Suizid endende Krankheit.
Meine Wegbegleiter und Freunde. In Memoriam: Franz und Therese, Trude, Jan Christian Haiko, Manfred, Ian, Herr Paroll, Stefan und Kurt. Möge die Macht ihnen gnädig sein und mögen Sie und Alle endlich Frieden und den Weg ins Licht doch noch finden.

Wellenrauschen

Wir sind gestrandet, wie jede andre Welle auch,
wir sind gelandet, keine Illusionen mehr im Bauch,
wir sind geworden, gleich dem Gleichen,
eigentlich gestorben, tot wie starre Leichen.
Nur einge Wellen, streben, dünsten, werden Himmel,
sie an den Felsen nicht zerschellten, reiten wie ein Schimmel,
über das Ganze hinweg, sie bestimmen das Meer,
und hoffen auf Neues,
sie lieben das Leben so sehr.

Arbeiten für den Weltuntergang

Erst wollte ich mal nachdenken, doch das gelang mir nicht, weil ich viel zu sehr beschäftigt war mit dem Tod meiner besten Freundin. Sie war eine alte Freundin gewesen, nichts fürs Bett, eher so etwas wie eine tiefe spirituelle Freundschaft hatte uns verbunden. Jetzt war sie binnen drei Wochen an Krebs gestorben. Plötzlich dachte ich an eine Patientin zurück. Nicht, daß ich Arzt gewesen wäre, nein, ich war vor langer Zeit selbst einmal im Krankenhaus gewesen und diese Frau hatte mich damals doch glatt gefragt, weil ich mich mit Hieroglyphen und alter Geschichte beschäftigt hatte, ob ich auch in den Ferien arbeiten würde, also hier? Ich hatte einfach „Ja!" geantwortet und innerlich gedacht „scher dich weg! Arbeiten macht Spaß". Wie kam ich jetzt darauf zu sprechen? Der einzige Link, den ich erkennen konnte, war das Krankenhaus, das ich wieder besucht hatte, um von der sterbenden Helga Abschied zu nehmen. Das hatte mich an diese denkwürdige Begegnung mit dieser merkwürdigen Frau gebracht, die wohl immer Urlaub machte. Der Mensch war zur Arbeit bestimmt. Das machte ihn letztlich glücklich. Nicht, daß man nicht mal ausspannen hätte dürfen, aber man brauchte eine gewisse Tätigkeit, um einfach so etwas wie zufrieden zu sein. Plötzlich klingelte das Handy. Es war mein Bruder, der ziemlich aufgeregt schien. Er sagte, daß jetzt bald die Welt untergehen würde. „Oh" , sagte ich, „das habe ich auch schon mal geglaubt und immer kann man da lange warten!" Er aber schien sichere Quellen einbezogen zu haben und war gar nicht mehr abzubringen von seinem Trip. Es war mein jüngerer Bruder und da er noch so vieles vor sich hatte, was ich schon hinter mir hatte, konnte man sich glatt Sorgen machen. Ich sagte einfach „Olaf!
Beruhige dich erst mal! Du bist gerade 19 und meinst dann ausgerechnet würde die Welt untergehen? Das ist Kappes und wenn es so ist, dann sind wir sowieso alle dran. Also was

solls ? Laß Dir das nicht so schnell einreden von irgendwelchen Medien, die uns doch alle nur verarschen..!"
Er gab Ruhe und sprach davon mich gleich zu besuchen, was mir schlicht und einfach ganz und gar nicht paßte. Als er das am Tonfall meiner Stimme rauszuspüren schien, meinte er beschwichtigend: „Auch nicht lange". „Na gut", sagte ich und brühte schon mal Kaffeewasser auf. Dann vergingen Stunden, ohne daß Olaf kam. Das war typisch und mich ärgerte das Ganze. Ziemlich dreist diese Jugend, aber waren wir besser gewesen? Schließlich rief er wieder an und meinte, daß er doch nicht komme. „Sag mal, willste mich vertüdeln?" Olaf entschuldigte sich tatsächlich, meinte aber dann ganz ernst, er müsse Vorbereitungen treffen für den Weltuntergang. „Na das kann ja heiter werden!", schrie ich fast erleichtert. „Ja, wir werden alle sterben. Nur ein paar Auserwählte werden überleben."-- „Und du zählst wahrscheinlich zu diesen Auserwählten Olaf oder? Welche Sekte hat dich jetzt einkassiert? Ich bin ziemlich enttäuscht, dachte ich doch immer, wir wären in der Familie alle sektenresistent..." Da ich aber wirklich genug hatte von diesem schwachmatischen Panikanfall und Weltuntergangsgetue und ich außerdem noch in der Trauer um meine beste spirituelle Freundin war, sagte ich einfach: „Tschüss Olaf" und terminierte den Call. Die Auserwählten, das waren wir alle. Die erlauchte Existenz eines Menschen zu führen, da konnte man schon mal lange drauf warten, dachte ich mir. Nur mußten wir alle auch wieder gehen, was man ja an Helga sah oder anderen Exemplaren der Menschengattung, die ich gekannt und die nun tot waren. Ich glaubte nicht richtig an den Tod, denn wenn es so etwas wie einen totalen Cut in unserem Bewußtsein geben würde, dann war das ganze Leben ohne Sinn und ohne Rahmen. Es mußte weitergehen. Aber ich zweifelte wieder. Denn Helga hatte auf dem letzten Weg durch ihre morphine Schmerztherapie ziemlich viel von ihrem Bewußtsein gelassen oder lassen müssen. Aber es gab keine Alternative. Das alles mußte so für uns arrangiert sein, damit wir den

Spaß nicht verlieren würden. Denn wenn alles offenliegen würde, dann gab es auch nichts mehr, wofür man sich den Arsch aufreißen sollte. Helga hatte mir noch einen Termin gemacht, als sie noch ganz da gewesen war. Ihr war das ziemlich wichtig gewesen. Einen Termin bei einer preiswerten Rückführungstherapeutin. Der Termin bei dieser gewissen „Ingrid“ war für den 28. Juni anberaumt. Vielleicht würde ich da Antworten bekommen, was gewesen war und wo jetzt Helga war. Sie hatte mir damals versprochen sich bei mir zu melden wenn sie transzendiert hätte. Davon war aber nichts zu spüren. Wahrscheinlich war sie im Jenseits zu sehr mit sich selbst beschäftigt. Beschäftigt—das hieß, daß sie dabei war zu arbeiten. So gesehen hatte die merkwürdige Frau aus dem Krankenhaus eine doppelte Bedeutung. Ihre Frage „Arbeitest du auch hier, also in den Ferien?“, hätte ich am besten mit der lapidaren aber glasklaren Bemerkung gekontert: „Ich arbeite nicht nur hier, sondern auch noch wenn ich schon tot bin.“ Da hätte sie sicher nichts mehr drauf zu antworten gewußt. So sehr war der Mensch in dem Uhrwerk Gottes gefangen und deshalb konnte sich Gott auch noch keinen Weltuntergang leisten, weil die Zeit der Menschen, die sich hier und jetzt ballten und vollendeten so wichtig geworden war. Aber in einem mußte man Olaf Recht lassen. Die Menschen und die Menschheit arbeiteten an ihrem eigenen Grab. Vernunftbegabt hatten schon die Römer den Menschen gekennzeichnet, aber die Unvernunft überwog anscheinend. Trotzdem war ich der Meinung, daß der Mensch auch diese Probleme in den Griff bekommen würde. Ich jedenfalls sah die Menschheit nicht oder noch nicht den Weg der vollkommnen Degeneration antreten, auch wenn sie diesen Weg schon längst eingeschlagen hatte. Man würde aus der Sackgasse wieder zurückfinden. Und Olaf aus den manipulativen Fängen sektenartiger Vereinigungen. Aber die Quintessens meines Tages hieß: Wir arbeiten alle für den Weltuntergang. Natürlich: Alles lief auf diesen siebten und jüngsten Tag hin. Ein Vollendungsstreben. Hoffentlich würden dann alle zu einem Schluß gekommen sein.

Ein Mensch des Zeitalters

Wir fahren eine Tankstelle an. Es ist November am Beginn des 21. Jahrhunderts. Plötzlich kommt mir in den Sinn, wie komisch oder merkwürdig das alles ist. Vor allem die Beleuchtung, die den Sternenhimmel fast unsichtbar werden läßt. Drüben hat man einen Mac Donalds gebaut, da einen Aldi und hier eine neue Tankstelle. Ja, denke ich mir, das ist unser Zeitalter und ich bin ein Mann, ein Partikel dieses ganzen Zeitalters. Mein Bruder Thomas tankt und ich gehe in den Tankstellenshop und kaufe einen Strauß Blumen. Als wir wieder im Auto sitzen, fragt Thomas verwundert: „Für wen sind denn die Blumen?" „Die sind für das Zeitalter, das wir heute feierlich begrüßen", sage ich, mache das Fenster per Knopfdruck runter und schmeiße die Blumen auf die Straße. Ich schreie: „Willkommen Zukunft!" „Du spinnst ja wohl"—„Na und! Für mich beginnt heute eine neue Zeit. Mein Examen ist fertig Ich bin ein gemachter Mann und jetzt ist der Zeitpunkt für außergewöhnliche Taten von außergewöhnlichen

Menschen." Mein Bruder lacht. „Na so was", gibt er leise zu verstehen und gibt Vollgas.
Plötzlich ruft Ulrich an, auch ein Bruder, und fragt mich via Handy, ob ich nicht auf den Hund aufpassen könne, er müsse zu den Schwiegereltern. Ich sage: „Im Prinzip kein Problem Ulrich, nur, daß Thomas und ich gerade aus der Sauna kommen und wir uns jetzt eigentlich einen ruhigen Abend verdient haben. Such dir doch lieber einen anderen Babysitter für Samson." „Komm schon Leonard" meint Ulrich mit freundlicher Stimme und fügt hinzu, er könne den Hund auch vorbeibringen. Ich sage „Okay, dann eben. Samson kann ja auch sehr erfrischend sein. Bring ihn vorbei, es wird schon irgendwie gehen."
„Ulrich bringt Samson vorbei", erkläre ich Thomas. „Ist doch in Ordnung", sagt er und bremst plöztlich wegen einer Mize. „Was willst du jetzt eigentlich machen, nach dem Examen meine ich ?", fragt mich Thomas.
„Erst mal will ich mich ausruhen, dann etwas Geld verdienen und dann mit dem verdienten Geld ein paar Reisen machen. Unter anderem nach Ägypten und zum Dach der Welt." – „Tibet könnten wir zusammen bereisen, da hätte ich unglauliche Lust zu; nur mit dem Visum...das wird schwierig," fährt Thomas fort.
Wir kommen bei meiner Wohnung an. Thomas fährt dermaßen aufgebraust, so daß die Rolläden in der Nachbarschaft protesthaft runterpurzeln. Dann ist Ruhe. Der Motor schweigt und die Straßenbeleuchtung ist fahl. „Komm, wir kochen was", sagt Thomas, „bis Ulrich den Hund vorbei bringt, haben wir eine tolle Spaghetti gezaubert."
„Okay", antworte ich nicht gerade begeistert, zünde mir eine Cigarette an und wir gehen rein.
Ich spürte eine unglaubliche Leichtigkeit des Seins, seitdem ich mir meinen Jugendtraum erfüllt hatte und ich nun Geisteswissenschaftler geworden war. Jetzt sollte nur noch eine Frau, ein weibliches Wesen mein Glück perfekt machen. Doch ich war noch jede Nacht von Träumen über und von dem Examen geplagt. Alles mußte sich erst mal setzen, man

mußte es realisieren, akzeptieren und integrieren. Aber insgesamt war es ein tolles Gefühl jetzt etwas so Langes, das sollte heißen, etwas, was einen so langen Atem erforderte, beendet zu haben. Auch meine Eltern waren stolz, meine Oma, meine Onkels und Tanten, meine vier Brüder und natürlich meine Freunde. Man hatte ein kleines Examensfest gefeiert, gerade gestern und es war sehr schön gewesen. Natürlich konnten kurzfristig nicht so viele kommen, aber das war nebensächlich. Es war großartig gewesen; einige der Nachbarn waren gekommen, um zu gratulieren und ein guter Freund des Hauses hatte einen Kasten Bier mitgebracht, den er nur mit mir zusammen trinken wollte. Das konnte man sich aber besser für später aufbewahren, hatte ich gesagt, denn ein besoffener Gastgeber, damit war niemand gedient.
Jetzt standen Spaghetti ins Haus, die schnell zubereitet waren. Ulrich kam und brachte Samson vorbei und Thomas und ich aßen zusammen. Dann mußte Thomas auch schon aufbrechen, nach Darmstadt. Dort arbeitete er als Management-Consultant bei einem Kosmetikkonzern. Man verabschiedete sich kurz und dann war ich wieder alleine. Fast jedenfalls, denn Samson war ja da.
Plötzlich klingelte das Telefon. Eine piepsige Stimme sagte einfach: „Ich
bin's, Estelle."
Ich war etwas verduzt und fragte sie, ob sie mir nicht auf die Sprünge helfen könne?
„Ja", sagte sie, „Stella, die Nutte, von damals; du warst öfter bei mir und hast mir immer was Nettes mitgebracht. Ich habe jetzt damit aufgehört und wollte dich fragen, ob wir uns nicht mal treffen könnten?"
Ich stutzte noch mehr, denn bei allem was ich von Nutten über die Jahre gelernt hatte, war es so, daß private Kontakte äußerst selten vorkamen. Aber ich freute mich umso mehr über diesen seltsamen Anruf dieser Estelle und erinnerte mich gut an die verbrachte Zeit mit ihr. Ich sagte, etwas aufgeregt und eher verlegen: „Ja, sicher."– „Weißt Du

noch?",fragte Estelle, „Du hast mir damals so ein Buch geschenkt und deine Nummer hinten rein geschrieben. Und da ich so allein bin, wollte ich dich einfach einmal anrufen. Studierst Du noch?".--- „Nein, ich bin gerade vor ein paar Tagen fertig geworden und genieße jetzt die Tabula rasa des alltäglichen Lebens."–
„Oh, herzlichen Glückwunsch Leonard !"
„Ja, ja, danke. Wann wollen wir uns sehen Estelle ?"–
„Am besten in Köln, in einem Cafe. Wie wärs mit dem Filmstudio ? Morgen um drei Uhr."–„Gut", sagte ich „ ich freu mich auf unser privates Wiedersehen. Bis dann."
Ein seltener Anruf war das gewesen. Vielleicht so etwas wie die Chance meines Lebens, dachte ich mir. Damals war es wunderschön gewesen, besonders von Hinten hatte unheimlich Spaß gemacht. Und zudem war sie so hübsch, so galant, so zart und trotzdem so verdorben. Und wenn was drauß würde, dann würde ich sie bestimmt keinem meiner Brüder ausleihen. Sie war Nutte gewesen, gut, aber jetzt war sie in den Bereich der Normalität zurückgekehrt und dieser Rahmen sollte auch gewahrt bleiben. Ich war irgendwie unheimlich glücklich, daß sie angerufen hatte. Das Examen hatte keine Zeit für Frauengeschichten gelassen und mich über ein ganzes Jahr lang belastet. Die Geschichte mit Estelle fiel in eine Zeit, als gerade alles begann mit dem Examen und so. Ich freute mich tierisch auf sie und ihre Liebe. Was sollte ich groß erwarten? Am besten gar nichts. Estelle hatte viele, sehr viele Schwänze gesehen und hatte sie auch bearbeitet, aber das änderte nichts daran, daß sie eine sehr liebenswerte und zudem absolut attraktive Frau war. Gut man kannte sich im Sexuellen, wie es sonst aussehen würde, ob eine Beziehung gar daraus erwachsen würde stand noch in den Sternen. Aber die Sterne schienen gut zu stehen für mich und meine Existenz. Und blickte ich aus dem Fenster, dann schien sich das in doppelter Hinsicht zu verifizieren. Eine Mercedes Werbung konnte ich in der Ferne sehen, die schon seit einigen Wochen da hing und da stand: Die Sterne stehen gut für sie.—Mercedes-Benz. Das

mußte eine Offenbarung, ein Hinweis, eine unbedingt stimmende Affirmation meines gesamten Seinszustandes sein. Gut, alles, was ich wollte, war es nach dieser extrem schwierigen und stressigen Examenszeit, mich ein bißchen zu erholen. Alles sollte sich erstmal setzen.Ich, nun ein gemachter Mann, abgeschlossenes Philosophie und Geschichtsstudium, wieso nicht? Aber man sollte dies erstmal als eine Tatsache verstehen und zusehen, daß man seelisch betrachtet auf einen grünen Zweig kam. Alles lief auf das Lehramt hinaus, aber damit wollte ich mir etwas Zeit lassen. Auch wenn alle Familienmitglieder, allen voran die Eltern und die Oma ihre starken, nein sehr starken Bedenken geäußert hatten. Ich wollte einmal ein Jahr lang Pause machen und zu mir selber kommen, ein sogenanntes Sabbatjahr. Natürlich mußte es finanziert werden, aber da ich noch einige Klavierschüler hatte und zudem auch noch ein wenig private Rücklagen verfügte, wollte ich es wagen. Notfalls konnte ich arbeiten gehen und mit dem verdienten Geld meine Reiseziele verwirklichen. Im Grunde, es ist kein Geheimnis, waren es alles spirituelle Reiseziele. Ich wollte das Jahr dafür nutzen, erstens eine Frau auf die Beine zu stellen, mit der ich mich zufrieden geben würde, eine Art Seelenpartnerin und zweitens wollte ich spirituell also seelisch—geistig vorankommen. Und das sollte heißen Rückführung, Reinkarnationstherapie, ein paar mehr Einweihungen oder Initiationen und natürlich musikalisch landen. Früher wollte ich immer Popstar werden. Aber inzwischen war ich skeptisch, ob ich das wirklich immer noch wollte. Diese Popmusik kam mir plötzlich so kinderhaft, ja infantil vor. Ich war fähig welche zu komponieren, aber ob ich mich so prostituieren wollte vor der gesamten Nation? Das war die Frage. Gut man konnte sich Liedermacher nennen und schöne Songs machen, die nicht ganz Kommerz waren a la Konstantin Wecker. Ich liebäugelte mit so einer Art Kompromißlösung. Vielleicht wollte ich mich auch ganz der „Klassik“ widmen, sozusagen, denn Klassik gab es heute ja nicht mehr. Filmmusik war vielleicht das richtige Genre für mich. Daß der Markt hart war, war mir

vollends bewußt. Denn während der ganzen Studienzeit hatte ich mich an unzähligen Stellen beworben und hatte eine dicke Mappe mit Absagen im Schrank stehen. Unter den Briefen waren allerlei prominente Absender auf die man sich was einbilden konnte. Aber Einbildung war für einen angehenden Akademiker die falsche Bildung.
Trotz all der Absagen hatte ich den Glauben an meine Musik noch nicht verloren. Ich war eben mit Herz und Verstand Musiker, und daß Musikerehen, also der Umgang von Musikern mit Frauen, ganz und gar nicht leicht waren, das bewies mir immer wieder das große Musiklexikon, das bei mir im Schrank stand. Beziehungsmäßig war ich gescheitert; meine längste Beziehung währte etwas über acht Monate. Und dann bin ich auf den bezahlten Sex gekommen. Ich finde, das ist nichts Unanständiges und die Gesellschaft kann froh sein, daß es diese Priesterinnen der Venus gibt. Zudem gab es sie schon solange wir zurückdenken können, also ganz am Beginn der Zivilisationen. Aber irgendwie hatte ich mit den Nutten aufgehört, als es ernst wurde und mein Examen begann. Daß jetzt Estelle bei mir angerufen hatte, war ein großer Glücksfall, der mich geradezu euphorisierte. Glücksfall um so mehr, als ich bald gedachte umzuziehen und sich dann meine Telefonnummer höchst wahrscheinlich ändern würde. Und private Kontakte mit diesen von der Venus stammenden Wesen waren äußerst selten. Unglaublich, welch aufregenden erotischen Zeiten sah ich entgegen ? Aber lieber den Ball flach halten und überhaupt erstmal sehen, was sie von mir wollte. Menschen waren daran interessiert einen Nutzen von ihrem Gegenüber zu haben. Soviel hatte ich von den Utilitaristen Jeremy Bentham und John Stuart Mill gelernt. Und wenn beide Seiten den gleichen Nutzen genossen, dann war die Sache ausgewogen. Dann stimmte das Preis-Leistungsverhältnis. Das aber sollte nicht heißen, daß ich ein kalkulierender und damit berechnender Mensch war. Nein, das war eben die Natur der Sache, die Natur der Menschheit. Ich wollte es und alle wollten es. Erstens nützlich sein und desweiteren Nutzen

haben an etwas oder jemand. Letztlich waren wir alle reisende Seelen, die lernen wollten durch Versuch und Irrrtum. Selbst diese unirdirsche Komponente unseres Seins war an einer gewissen Effizienz interessiert. Man durfte nur nicht allzu oft daran denken, denn ansonsten pervertierte man schnell vom Romantiker zum Pragmatiker. Und was oder wen haßte ich mehr als diese Pragmatiker!

Ich lag schon im Bett, als es draußen zu regnen begann und ich nochmals die Tagesgeschehnisse rekapitulierte. Am meisten war ich natürlich über diesen seltenen und höchst glücklichen Anruf erfreut, von Stella. Und wenn ich etwas war, dann war ich vor allem eines: Ein großer Träumer. Ja und da ich dieser Träumer war, malte ich mir in meiner Phantasie schon bunt aus, wie es mit ihr werden könnte, was sie wohl machte, wie es sich entwickeln würde. Dabei malte ich mir nicht nur die sexuelle Seite aus, sondern ich spintisierte vor allem darüber wie es längerfristig sein würde, also sie als Freundin und später auch als Ehefrau zu genießen. Dann fiel mir plötzlich ein, daß sie ziemlich wohlhabend oder anders gesagt, reich sein mußte durch ihren Job und wenn ich mich recht erinnerte dann hatte sie mit 19 Jahren angefangen und war jetzt kurz vor 21. Wieso nicht, sie konnte durchaus ziemlich reich sein. Plötzlich klopfte es an der Zimmertür. Das konnte eigentlich nicht sein, denn ich hatte abgeschlossen. Rein kam Professor Hilgenfeger, der ganz laut und deutlich sagte, daß ich ein Teil meines Examens nochmal wiederholen müsse. Ich sagte fast schon weinerlich „Na gut“ als aus seinem Transisterradio ein Song lief und der Text des Songs war ziemlich obszön: „Fick mich, fick mich! Aber bitte von Hinten !“
Das war zuviel. Das konnte nicht sein. Und tatsächlich, als ich die Augen öffnete war es 4.18 Uhr und ich war eingeschlafen und hatte mal wieder vom Examen geträumt und der seltsame Song war anscheinend eine Konnotation zu Stella,

die ich fast nur von Hinten genommen hatte. Eine Konnotation des Unterbewußtseins und jetzt war es 4.18 Uhr. Bis 15.00 Uhr war es jetzt schon nicht mehr so lang und ich verspürte plötzlich eine merkwürdige Aufgeregtheit. Ich machte die Nachttischlampe aus und wollte versuchen wieder einzuschlafen. Als ich wieder aufwachte war es einigermaßen hell; Samson knurrte neben meinem Bett auf dem Teppich, denn Ulrich wollte ihn erst so gegen zehn Uhr abholen. Ich machte mir einen Cafe, kroch wieder unter die Bettdecke und rauchte eine Morgencigarette. Dann machte ich Frühstück. Bei mir gab es morgens meist nicht viel, weil ich einfach nichts herunter bekam. Es gab wie immer nur zwei Zwieback. Samson mußte auch was kriegen, also machte ich ihm ein Käsebrot, das er dankbar fraß. Das alles jetzt war eine seltsame Leere. Ein Vakuum nicht ganz, denn ich hatte noch mancherlei Termine in der Woche. Trotzdem mußte ich mich erst daran gewöhnen soviel Freizeit zu haben und weitere musikalische Projekte standen ja an. Ich dachte mir plötzlich, daß der HerrGott mich doch reichlich beschenkt hatte, zumal mit sovielen Brüdern, dann mit einem durchaus wissenschaftlich orientierten Geist und dann noch mit der Gabe der Musik. Schon lange träumte ich von einem Steinway Flügel und mir war klar, daß der auch irgendwann real werden würde. Die Frage war nur wann. Es klingelte an der Tür. Es war Ulrich, der murrig guten Morgen sagte, als ich die Tür öffnete. Samson hatte direkt gerochen oder erahnt, daß sich sein Herrchen an der Wohnungstüre befand und sprang Ulrich überglücklich an. „Kann ich dir einen Kaffee anbieten Ulrich? Hab nämlich gerade einen aufgeschüttet." Als Ulrich „Ja" sagte und hereinkam meinte ich noch kurz: Du kommst aber früh, es ist ja gerade mal 9.00 Uhr. Ich dachte du kommst später, nach der Morgenschicht zum Beispiel."
"—„Ja sicher", meinte Ulrich, „ich wollte dich nicht so lange mit Samson lassen, ich meine, du hast bestimmt auch deine Pläne." Ja, ist schon gut, Samson nehme ich gerne, wenn ich Zeit habe und jetzt ist das Studium vorbei und ich habe natürlich etwas mehr dieser Zeit"—Ulrich schlürfte an der

Kaffeetasse. Er war der Einzige in der Familie, der ihn schwarz trank. Das hatte er sich so angewöhnt, seit er mit einer Italienerin verheiratet war, die halt nur Espresso trank und den trinkt man ja traditionell schwarz. „Ich bin nur um drei in Köln verabredet und wenn du bis dahin nicht gekommen wärest hätte ich Samson deiner Frau vorbeigebracht oder ihn einfach bei unseren Eltern abgegeben. Und ich wäre sicherlich auch noch mit ihm spazieren gegangen, damit er seine Morgentoilette hätte machen können." Aber ich merkte schon. Ulrich war mit seinen Gedanken woanders. Es war Montag und er war nicht im Job. „Was ist los?",fragte ich, „du bist ja gar nicht arbeiten, hast Du vielleicht frei ?"– „Nein, ich bin krank geschrieben,
beziehungsweise ich habe mich krankgemeldet; komme gerade von Doktor Bauch. Ich bin ziemlich erkältet, pass auf, daß du es dir nicht fängst."–
„Keine Sorge, Bruderherz, ich bin saunaabgehärtet und infektstabil oder defensiös, wie soll man sagen? Hast wohl zuviel getrunken auf meiner Examensfeier?"—„Kann sein" murmelte er und da klingelte es schon wieder. Es war der Postbote, der ein Einschreiben brachte. Verwundert guckte ich auf den Absender und der war die Universität. Ich begriff sofort. Mein Zeugnis. Ich öffnete vorsichtig und Ulrich und ich bestaunten etwas enttäuscht den läppischen Lappen Papier auf dem nur kurz „Zeugnis" stand und dann die Einzelergebnisse. Ich war auf jeden Fall erleichtert und hoffentlich nahm auch mein Unterbewußtsein davon Notiz, so daß ich mich von derlei Examensträumen wie sie heute Nacht und nun schon seit einer Woche immer wieder vorgekommen waren, verabschieden konnte. „Gut, herzlichen Glückwunsch Leonard, jetzt ist es amtlich und offiziell. Tu es dir gut weg. Ich bin jetzt weg mitsamt Samson und vielen Dank."
„Ja, ja, nicht zu danken. Bis demnächst. Tschüss Ulrich und tschüss Samson !"—Als die Tür ins Schloss gefallen war, dachte ich schon wieder an die wunderhübsche Stella. Ich sollte mir was ausdenken, was ich ihr mitnehmen konnte. Ein Geschenk quasi. Oder war es dafür zu früh ? Man konnte ja

auch einfach mal gucken, wie die Lage war, was sich ergeben würde und notfalls konnte man, wenn man ein Blumengeschäft streifte und beim Filmstudio war ganz in der Nähe eins, noch Blumen kaufen. Ich würde nicht mit dem Auto fahren, sondern die S- Bahn bemühen, die fast genau vor Ort eine Haltestelle hatte. Zudem konnte man in dieser Gegend sehr schlecht parken und ein Knöllchen wollte ich nicht riskieren. Das Zeitalter, das mit einer feierlichen Begrüßung durch Blumen begonnen hatte, sollte nun auch feierlich fortgeführt werden. Und die Götter zeigten sich gnädig und erwiesen ihm den Gefallen sich mit Estelle treffen zu dürfen. Wie lange hatte ich kein Sex mehr gehabt. Und jetzt vielleicht bald mit einer Priesterin der Venus, die jetzt keine mehr war, aber all die Erfahrung einer solchen mitbrachte. Ein wirklich aufregendes, unglaublich aufregendes Erlebnis, die den Eros in mir zum kochen brachte. Ich lief mir meinem halberigierten Zauberstab unruhig durch die Wohnung auf und ab. So würde ich die Zeit niemals rumkriegen. Also setzte ich mich aufs Sofa und machte das Fernsehen an. Natürlich lief nix sonderlich Interessantes. Aber das war egal. Es sollte ein wenig Amüsement sein. Der ganze Tag sollte Pläsir sein. Ich freute mich auf Estelle, auf die ganze Person, auf diese Göttin der Schönheit, die bald, so hoffte ich meine Freundin sein sollte.
So guckte ich noch ein wenig Fernsehen, stand noch einige Male vorm Spiegel, pitschte mir die Nägel und fertig war die Laube. Auf zur S-Bahn. Die Bahnen kamen so ziemlich alle sieben bis acht Minuten und ich hoffte, daß alles irgendwie passen würde. Und tatsächlich, an diesem verregneten Novembertag konnte ich genau eine Bahn um 14.27 Uhr erwischen. Ja, ich muß es offen zugeben. Ich hasse S-Bahn fahren. All diese Menschen auf engem Raum zusammengepferscht. Stinken taten sie zwar nicht gerade, aber ich empfand das irgendwie intuitiv als ungesund. Ungesund für Körper und Leib. Auch hatte ich irgendwann einmal was von emtionaler Energieverschmutzung gehört und ich glaube, daß man das getrost glauben konnte. Nach Köln

war eine lange Fahrt, aber es würde schon irgendwie gehen. Ausgerechnet so ein fetter aufgedunsener Zombie nahm neben mir Platz. Und da mir das nicht geheuer war, wechselte ich lieber den Platz. Sollte er doch seine Karlsberg Bierdosen in Ruhe allein saufen.—Dann war ich da und gar nicht aufgeregt. Ich ging in die Filmdose und suchte einen passablen Fensterplatz. Es war so gegen drei Uhr. Estelle konnte ich aber auf jeden Fall nicht ausfindig machen. Also setzte ich mich einfach hin und bestellte einen Milchkaffee. Es war nicht sonderlich voll und es lief eine angenehme Art von Popmusik mit der man sich bequem vertragen konnte. Ich überblickte genau das Karree vor dem Cafe. Der Platz wo im Sommer kräftig Umsatz gemacht wurde, war nun vielleicht das einzige Plätzchen, wo man im Notfall noch parken konnte. Aber wer würde schon soviel Dreistigkeit aufbringen ?, fragte ich mich, als plötzlich ein roter Mercedes SLK mit seiner Schnauze bis vor mein Cafefenster lugte und eine Frau langsam ausstieg, die ich gut kannte. Natürlich war es Estelle. Passend zum Wagen trug sie eine Art roten Plastik-Anzug, war aber ansonsten unauffällig. Als sie mich sah machte sie große Augen und lächelte, machte ein paar Faxen und bemühte sich so schnell wie möglich bei mir zu sein. Sie sah so aus, wie ich sie aus der Erinnerung kannte und dennoch hatte ich sie noch nie in Zivilkleidung gesehen. Wir umarmten uns und sie sagte gleich: „Na mein großer Mann!“ Und ich erwiderte: „Na meine zauberhafte Frau!“ Und dann saßen wir da und keiner sagte was. Wir lächelten uns eine zeitlang an, tranken etwas Kaffee bis ich sie fragte, ob sie denn da draußen so stehen bleiben könne? –Sie sagte etwas lapidar: „Wenn die Leute vom Cafe´nix dagegen haben, ist das kein Problem.“ –„Hast du den Wagen neu? Sieht gut aus.“
„Ja“, meinte sie und fügte hinzu,“ von so `nem Wagen hab ich immer schon geträumt.“ –
„Und erzähl mal von dir“, schloss ich an, „was machst du jetzt und wie war der Weg raus und so weiter?“ – Und Estelle erzählte. Erst von den Zuhältern gegen die sie erfolgreich

prozessiert hatte, dann von ihrer neuen Lehre als Kosmetikerin, von ihrer neuen kleinen Eigentumswohnung im Bergischen, von dem Zerwürfnis mit ihrem Vater, von dem wiedergefundenen Buch von mir Leonard und dem glücklichen Treffen mit einem netten Menschen jetzt im Filmstudio in Köln. Dann erzählte ich von mir, von der stressigen Zeit meines Examens und dem Happy End, nein dem glorreichen Ende und das für mich nun neu beginnende Zeitalter in einem ganz und gar nicht normalen, aber dennoch passablen Zeitalter, in welchem ich nach all meinen frustrierenden Erlebnissen mit Frauen, endlich mal eine Frau namens Estelle kennengelernt hätte.—Wir mußten beide lachen und Estelle fragte etwas rhetorisch: „Kommst du noch mit zu mir Leonard ? Zeig ich dir meine Wohnung und fahr dich hinterher nach Hause."—„Gerne", sagte ich und nachdem wir gezahlt hatten, was übrigens Stella mit einem 200 Euro Schein übernahm setzten wir uns in den SLK und nach einer Weile Stadtverkehr erwies sich Stella auf der Autobahn als wirkliche oder wahrhafte Rennfahrerin und so war man auch schnell am Zielort, einem ruhigen Örtchen im Bergischen.Ich aber hatte einige Male während der Fahrt tief durchatmen müssen, denn sie fuhr wirklich extrem chaotisch, aber trotzdem gekonnt.
Stella hatte eine passable Parterre Wohnung, Küche, Zimmer plus Bad. Klein aber fein. Sie machte erstmal einen Tee und dann meinte ich einfach so direkt heraus, was sie sich von mir verspreche? – „Ja", sagte Estelle, „das ist `ne gute Frage. Weißt du, ich hab eigentlich alles, aber weil ich durch meinen Job, meinen ehemaligen Job meine Familie verloren habe, suche ich nun einen neuen Anfang. Und da Du irgendwie völlig anders warst, als die üblichen Freier, wollte ich diesen Start mit dir versuchen.Das ist eigentlich alles."--- Das war offen und ehrlich gewesen, wie man es selten von einer Frau zu hören bekam. Aber was in aller Welt sollte ich jetzt sagen, fragte ich mich während sie mich etwas bittend ansah. – „Ja, wieso nicht?", meinte ich und erwiderte dann etwas verlegen: „Wir können es versuchen und laß es uns langsam angehen

und..."–„Ja, ja, das ist klar," fiel mir Stella ins Wort, und du hast doch momentan nix am Laufen oder Leonard ?"
„Nein, nein, ganz und gar nicht", versicherte ich. Darauf sprachen wir noch herzlich miteinander und dann brachte mich Stella nach Hause. Ich wollte noch, daß sie mitrein käme. Sie wollte erst nicht, dann aber konnte ich sie doch noch überreden. Sie guckte sich kurz um und sagte dann: „Ganz okay. hier Leonard und da willste umziehen?"—„Ich muß hier raus. Vielleicht kann ich ja zu dir ziehen mein Sternchen?—Mal sehen, wie wirs miteinander aushalten."
„Du hörst bald von mir Leonard."
Und ich wollte ihr zum Abschied schon einen Kuß geben. Das aber wollte Stella nicht. Ich sagte: „Komm schon, du bist nicht mehr, was du mal warst."
Und tatsächlich bewegte sich ihr Kopf mit den schulterlangen braunen Haaren auf mich zu. Und dann empfing ich eine gewisse Energie auf meinen Lippen, durchtränkt von Leidenschaft, Sehnsucht und Liebe. Ihre Lippen waren unbedingt kussgeeinet. „Bye, bye und gute Heimfahrt Stella !" –„Bis denn Leonard",rief sie mir schon im Wagen sitzend zu. Und weg war sie. So war das halt mit Beziehungen und das war jetzt eine so Art Beziehung, oder besser eine werdende Beziehung. Kaum hatte man den anderen Menschen für sich gewonnen, fühlte man sich auch schon irgendwie in einem Gefängnis. George Moustaki sang von einem Prison d'amour. Auch wenn es noch lange nicht so war, daß man sich aneinander habitualisiert hatte und ich nun voller Sehnsucht war sie wiederzusehen, so wollte ich diesen Moment jetzt festhalten und nicht wieder loslassen. Aber das mußte unerfülltes Verlangen bleiben, denn alles war dem Wandel in dieser Welt unterworfen und gerade die Gefühle waren so unheimlich flüchtig. Das aber war ein schöner Tag gewesen, dachte ich mir und es hatte richtig Spaß gemacht. Auch wenn Welten zwischen mir dem Philosophen und Stella der Kosmetikerin oder werdenden Kosmetikerin lagen oder zu liegen schienen, so verband uns doch unsere unbedingte Direktheit und Offenheit. Wo wir uns kennengelernt hatten,

das blieb unser Geheimnis, noch nicht einmal Thomas würde ich es mitteilen. Es hatte noch gar nicht richtig begonnen und ich machte mir schon wieder Gedanken. All das mußte irgendwie von göttlicher Seite arrangiert worden sein, denn es kam mir zu irreal vor. Es war zu unwirklich; etwas von dem Millionen Männer träumten hatte sich in Windeseile für mich einfach so manifestiert. Oh Estelle ! Ich war unfähig mir etwas zu essen zu machen, obwohl es schon acht Uhr war. Auch wollte ich mich gerne irgendjemand mitteilen, um das getragene Geheimnis ein bißchen leichter zu machen. Aber das ging nicht, wem sollte ich mich anvertrauen außer Gott selbst. Also setzte ich mich hin und betete ein Vater unser zum Dank. Ja ich war außerordentlich dankbar und ohne die göttliche Hilfe hätte ich all das, angefangen bei meinem Examen bis zu Stella bestimmt nicht vollbracht, noch erlebt, noch verwirklicht. Die einzige Angst, die ich hatte, war, wenn Stella Probleme mit den von ihr verklagten Zuhältern bekommen würde. Also wenn man ihr was antun würde oder später vielleicht sogar ich selbst in den mafiösen Strudel hineingezogen werden würde. Aber Stella hatte mir versichert, daß die netten Herren für gut ein paar Jahre weggeschlossen sein würden. Und sie hoffte darauf, daß sie bis dann eine neue Identität erlangt habe und sie hoffentlich nie wieder Probleme mit diesen Mackern bekommen würde.
Wir hatten uns, Stella und ich, für etwa 8 Monate nicht gesehen. Und jetzt hatte man sich wieder beschnuppert, allerdings aus einer ganz anderen Perspektive. Ich legte alles weitere in Gottes Hand. Und damit war ich gut gefahren über die Jahre. Das war kein Fatalismus und hieß nicht, daß ich sie vielleicht heute Abend noch anrufen würde, doch Notwendigkeit und Freiheit standen ineinander, waren nur zwei Seiten ein und derselben Medaille, wie es Schelling ausgedrückt hatte. An sich erblickte sich der Mensch in völliger Freiheit, aber formell war er der Notwendigkeit unterstellt. Wie sollte das einer verstehen Herr Josef Schelling ? Aber das war egal, ich glaubte Schelling wußte wovon er sprach und konnte es bei Leibe nicht in eine

bessere Formulierung tauchen. Wir waren frei und wir entschieden uns in Freiheit für oder gegen etwas. Noch nicht einmal auf soziologische, psychologische und empirische Beweggründe war menschliches Handeln bis auf ein Letztes zurückzuführen oder zu berechnen; wir waren eben zur Freiheit berufen. –Aber was sollten wir mit den Philosophen, die sich mit dem Verstand beschäftigten. Hier ging es ums Herz und um den Herzensschmerz. Für den Augenblick träumte ich schön von dem was alles sein könnte und siehe da schon hatte ich eine Erektion. Stellas Energien mußten auf mein Sexualorgan gewirkt haben. Denn das passierte mir äußerst selten. Der bloße Gedanke an eine Frau und schon hätte es losgehen können.Ich aß noch ein Yoghurt natur mit Marmelade und dann nahm ich eine lange Dusche und setzte mich an die Nachrichten. Nix besonderes, aber immerhin genug auf diesem Leidensplaneten wie ich ihn nannte. Die Welt wollte einfach nicht aufhören zu leiden. Mochte man das Leiden? Wollte man leiden? Auch ich hatte gelitten. Doch das sollte nun zu Ende sein. Mit dem Examen und mit Stella war ein Vorhang gefallen und ein neuer aufgefahren. Dieses Mal würde ich es ein wenig genießen dürfen, ganz ohne, ja ganz ohne Gewissensbisse.
Mitten in dieser Nacht wachte ich auf und war zu meinem Erstaunen gar nicht verschlafen oder so, sondern total wach und ging verwundert auf den Balkon. Der Sternenhimmel leuchtete mir entgegen und trotz des Stadtlichtes konnte man deutlich das Schwert des Orion erkennen. Stella bedeutete Stern, kam es mir in den Sinn. Sie war mir von den Sternen geschickt worden. Sie war so eine Art Engel oder Erlösung. Wir sprachen zwar auf einer ziemlich banalen Ebene miteinander aber ich war zuversichtlich sie noch in das Reich der Philosophen entführen zu können. Außerdem war mir jede Art von Flachheit gerade jetzt besonders willkommen, um mich so von dem Examen einigermaßen erholen zu können. Gerade flog ein Flugzeug mit blickenden Lichtern über das Haus und verschwand dann am Horizont. Es war die Normalität für mich und so viele Andere. Für alle. Die

Lebenden. Und der Flugverkehr würde noch ansteigen in den nächsten Jahren und Jahrzehnten. Es war ein Segen jetzt dabei sein zu dürfen und zu sehen, wie die Menschheit die anstehenden Probleme von Überbevölkerung, religiösem Fanatismus, internationalem Terrorismus und Umweltbedrohung zu bewältigen verstand. Hoffentlich würde kein Weltkrieg mehr kommen, denn mit den jetzigen Waffen würde ein planetarer Krieg geradezu ungleich verherrender als in früheren Zeiten sein. Aber das war nicht wahrscheinlich. Wahrscheinlicher war eben ein internationaler und lokal begrenzter Krieg der Terroristen und der Gegenkrieg der Nationen. Das würde unser Zeitalter bestimmen, davon war ich überzeugt. Der Kampf der Ideologien. Der religiösen Ideologien. Das war jetzt an der Reihe. Aber ich war erstaunt über das So-sein dieses Zeitalters. Man begann schon sich daran zu gewöhnen aber selbstverständlich konnte es wohl niemals werden. Und das war nicht nur der Terror. Auch an den Wohlstand hatte man sich gewöhnt.—Sauberes Wasser, Licht aus der Steckdose, Essen aus dem Supermarkt, selten vom eigenem Acker. Man hatte den Bezug verloren. Die Sklaverei war ja abgeschafft, seit etwa 200 Jahren von einem Freiherr von Stein, hier in Deutschland. Aber guckte man genau hin, dann gab es sie noch immer. Die Menschen drehten sich wie im Hamsterrad, um endlich frei zu kommen, was jedoch nie geschehen konnte, weil sie ja zuviele Kredite aufgenommen hatten, um sich das Leben zu leisten, wie es ein Freund oder der Mann in der Werbung oder gar im Film lebte, um sich das Leben zu leisten, was sie sich eben leisten wollten. Deshalb auch hatte sich Stella in jungen Jahren prostituiert, um schnell zu Geld zu kommen und so schnell frei zu kommen. Dabei hatten sie sich selbst preisgegeben und ob es einen Weg zurück in die Normalität gar in das Reich der Liebe geben würde, war noch lange nicht klar. Jetzt hatte sie natürlich ein schönes, prestigeträchtiges Auto und eine schicke Eigentumswohnung, aber der Preis dafür war hoch ! Sie hatte ihre Familie verloren, die die Tür hinter ihr für immer ins Schloß hatte fallen lassen und das schlimmste, sie

hatte ihr Wertvollstes, intimstes ihres Körpers preisgegeben für ein paar Mark oder Euro. Ich hatte plötzlich Angst davor, daß sie rückfällig werden würde, obwohl noch gar nichts zwischen uns war. Angst davor, daß ihr mit einem Male meine Art von Sexualität nicht ausreichen könnte. Aber diese Gedanken waren abwegig, denn es war ja noch nichts zwischen uns. Und wenn schon: Ich würde es auf mich zukommen lassen. Ich mochte Stella sehr und ich hatte auch Liebe und Eros für sie übrig. Daß sie ausgerechnet mich für ihren Neuanfang auserkoren hatte, war schmeichelhaft. Aber direkt als ich ihr im Venuscenter damals in die Augen gesehen hatte, war da mehr gewesen als Sympathie und Erwartung. Es war, als wenn wir uns schon irgendwie gekannt hätten. Das war die Urkeimzelle unserer wundersamen Beziehung, die uns beide hoffentlich vollends erfüllen würde. Ich ging wieder rein in die Wohnung, denn es war mir etwas kalt geworden. Ich ging noch mal ins Bad und stellte mich vor den Spiegel und sprach zu meinem Gegenüber: „Dann wollen wir doch mal sehen, was wird aus dir und Estelle."
Dann knipste ich das Licht aus und ging wieder ins Bett. Ich spürte schon wieder eine Regung. Es half alles nichts. Ich glaub ich war verliebt. Ich war getroffen. Sie hatte auch so betörende, sexy Augen und so schöne kleine Titten, wie ich sie gerne mochte. Schlafen ? Jetzt ? Na dann würde ich eben noch was vor mich hin und herträumen ...

Ich hörte lange nichts mehr von Stella. Was sie wohl trieb? Ich weiß es nicht. Irgendwann jedoch, meldete sie sich wieder und bat um Entschuldigung. Sie wisse eben noch lang nicht wie es in der Normalität weitergehen würde. Dann schlug sie vor in so einen Discotempel zu gehen, was ich schnell abkanzelte. Dafür war ich zwar noch nicht zu alt, aber die Zeiten waren bei mir nunmal vorbei. „Gut", meinte ich und

schlug vor, daß sie einfach zu mir zum Essen vorbeikommen solle und sie willigte mit einem „ okay.“ein.
Es war Ende November und gleich würde dieses fantastische weibliche Wesen bei mir, Leonard, vor der Türe stehen. Ich war auf alles gefaßt und legte schon mal die Kondome zurecht. Bei aller Liebe, sie ohne Kondom zu bumsen wäre nicht nur leichtsinnig gewesen, sondern auch ziemlich dumm. Denn man wußte ja noch nicht wie sich die Sache entwickeln würde. Stella kam und es gab direkt einen Begrüßungskuß. Dann kam das Essen. Nix besonderes. Spaghetti. Aber ich hatte mir alle Mühe gegeben. Dann legten wir uns auf mein Bett und Stella sagte: „ Ich kann mich gut erinnern an damals. Es war schön mit dir.“-- Dann küßte ich sie einfach und das leidenschaftlich. Als wir mit dem Knutschen fertig waren begann Stella sich auszuziehen und ich tat ein Gleiches. Sie fing direkt an mir einen zu blasen und als das Kondom drüber war, sagte ich lächelnd: „ Aber nicht nur von Hinten gute Fee!“ Ja und dann haben wir das Spiel des Feuers und des Wassers zelebriet, haben das Fest der erotischen Liebe genossen. Und Estelle half mit. Was das heißen soll ? Das soll sich jeder selber denken. Jetzt waren wir ein Paar. Eine höhere Macht hatte uns zusammengefügt und Estelle meinte später: „Leonard, ich bin verliebt in dich, ich war es schon lange Zeit, im Prinzip seit damals. Du warst so anders und so gut und überhaupt...“—
„Ja, ja, mein Engel, es soll etwas Neues für uns nun beginnen. Für dich ein neues Leben als zivile Person und für mich ein Leben jenseits der Universität; du ein Leben als Lehrling, ich ein Leben als ich weiß nicht, denn es steht noch in den Sternen, auf jeden Fall habe ich keine so große Lust Lehrer zu werden. Vielleicht sollte ich Pop-star werden? Was meinst Du? Und sowieso, kannst Du gut singen, singst Du gern Estelle?“ „Klar, aber sicher, ich liebe es zu singen. Wir werden Weltstars!“, schrie Estelle und lachte. „ Ja, das ist gut: Leonard und Estelle. Das klingt auch gut. Darauf müssen wir anstoßen“, sagte ich und holte Sekt und Gläser. Und dann betranken wir uns herzlich und Estelle versuchte auf meine

Pianoballaden zu singen, als ich am Klavier saß und sie dazu sang. Das war der Stoff aus dem die Träume waren und hätten wir beide nicht gewußt, daß vieles über das wir jetzt lachten noch nicht real war und vielleicht es auch niemals würde, und daß wir ein so außergewöhnliches Paar waren, daß wir glatt ins Fernsehen allein schon mit dieser unsrer Story gepaßt hätten, dann hätten wir sicherlich auch nicht so befreit gelacht über uns und die Welt.
Es folgte der Morgen danach und es blieb ein großer Anteil an Verliebtheit übrig. Die Geburtsstunde unserer Beziehung war gut von statten gegangen, wenn ich mich auch fragte, ob sie nicht schon viel früher über die Bühne gegangen war.
Meine Eltern waren überrascht, als ich eines Tages mit Stella vorbeischneite, vor allem mein Vater war beeindruckt. „Stolze Frau“, hatte er mir zugeflüstert. Ich dachte in diesen Tagen vor allem daran, daß sich in Windeseile so viel in meinem Leben verändert hatte. So viel Veränderung kannte ich allenfalls von meinen zwei Reiki Einweihungen, die ich vor Jahren gemacht hatte. Abgesehen davon war ich froh, daß ich ein esoterisches Standbein in meinem Leben hatte. Man hätte meinen können, das sei normal, im beginnenden Zeitalter des Wassermanns. Aber irgendwie fand ich war die gesamte Gesellschaft, wahrscheinlich aufgrund des wirtschaftlichen Niedergangs, in einer Art Rückzugsbewegung getreten, quasi in eine Rückkehr zum Materialismus. Aber das hing davon ab, wo und wie man sich in der Gesellschaft bewegte. Auf jeden Fall hatte sich, wie gesagt einiges in meinem Leben getan, so daß ich mich fragte, wie das möglich hatte sein können. Während Stella und Mama sich ans Klavier setzten um etwas zu singen und ich mit meinem Vater weiter am Kaffeetisch saß und er mich ganz so neben bei fragte, ob der SLK Stellas eigener Wagen sei, war ich so in Gedanken versunken, daß ich einfach nur immer mit „Ja“ antwortete. „Gut“, dachte ich mir, „du hast jetzt ein neues Papier, ein Examen in der Tasche, zudem eine Frau, die bereit ist dich vielleicht in absehbarer Zeit zu heiraten. Das

Glück oder das Schicksal hatte es mal wieder gut mit mir gemeint."
Ich glaubte ich war auf dem besten Weg meinen wirklichen Lebensplan zu erfüllen. „Hat es da geschellt?", fragte mein Vater. Und ich sagte wieder einfach „Ja". Aber es hatte tatsächlich geschellt. Es war Thomas, der bis dato noch nichts von Stella wußte und der seine begehrlichen Blicke nicht unterdrücken konnte. Er erzählte, daß er morgen einen Geschäftstermin in Köln habe und auf diese Art und Weise mal wieder vorbeischauen wollte. Stella fragte ihn interessiert, wo er denn arbeite und damit war die erste Verbindung zwischen Zweien, die in der gleichen Branche arbeiteten, bereitet. Wir quatschten im folgenden über allerlei Dinge und auch Thomas kam auf den SLK zu sprechen, der auf der Straße stand.
Stella sagte stolz: „Ja, das ist meiner. Ich habe was geerbt und da habe ich ihn mir geleistet. Hab schon immer mal von so nem Wagen geträumt"---Und wo habt ihr Euch kennengelernt?, fragte Thomas. Stella blinzelte verlegen zu mir rüber und meinte dann einfach ganz trocken: „In einer Kölner Disco, dann haben wir was zusammen getanzt und weil Leonard nicht so gut tanzen kann haben wir die Location gewechselt und sind in ein Cafe gegangen, dann haben wir uns verabredet, wie das so geht, und jetzt sind wir seit ungefähr zwei Wochen zusammen, wie man so schön sagt. Aber da war direkt was, als wir uns das erste Mal in die Augen geguckt haben, als wenn wir uns gekannt hätten." Thomas war fürs Erste zufrieden. Stella und ich gingen auf den Balkon um eine zu rauchen. Sie kicherte mich draußen an. „ Was hätte ich sonst sagen sollen Leonard?" „ War doch ne klasse Antwort mein Sternchen", meinte ich. Dann rauchten wir und schwiegen. Stella setzte sich auf meinen Schoß, denn es war schon ziemlich kalt. „Was machen wir jetzt mein Schatz?", fragte ich Stella. „Keine Ahnung, Darling, vielleicht was spazieren gehen?"—„Hab ich keine große Lust zu- mal sehen vielleicht machen wir ein paar Computerspiele, die Ulrich meinen Eltern jetzt dagelassen hat."—„Da habe ich

keine Lust zu“, raunte Stella, gab mir aber gleich einen Kuß um wieder Frieden zu stiften. „Es ist so Leonard, sagte sie ganz leise, als ob wirklich eine Art neuer Anfang gemacht worden wäre, als würde ich mit dir ganz neu anfangen dürfen, als hätte ich mich nie verkauft oder nur verkauft um dich kennenlernen zu können.“ „Ja“,sagte ich ziemlich froh. Und dann dachte ich leise weiter. Wir waren jetzt also wie Estelle selbst gesagt hatte, gut zwei Wochen zusammen und es lief gut sowohl sexuell als auch kommunikativ. Man schenkte sich gegenseitig Aufmerksamkeit und wie auch immer geartete Aufmerksamkeit war der Schlüssel zu eines jeden Menschen Herzen. Wir hatten noch nicht die schrägen oder gefährlichen Seiten am Gegenüber entdeckt, aber diesmal war ich mir sicher, daß uns so schnell nichts auf der Welt trennen könnte.

Stella und ich gingen die folgenden Tage getrennte Wege. Denn ich mußte mich bewerben fürs Refrendariat, auch wenn ich andere Pläne hatte; zweigleisig fahren war meistens gesund und Stella mußte sich um ihre Ausbildung kümmern. Es war in der Tat kalt geworden da draußen, denn immerhin war es fast Mitte Dezember. Bald sollte Weihnachten kommen. Das große Familienfest. Ein Fest, das eigentlich an die Geburt des Weltenerlösers Jesus Christus erinnern sollte und immerhin wurde dem noch ein bißchen Aufmerksamkeit gezollt im Abendland. Da ich noch keine Familie hatte und Stella keine mehr hatte, würden wir das Fest wohl zusammen bei meinen Eltern verbringen. Um Weihnachtsgeschenke machte ich mir keinen großen Kopf. Bei uns wurden die Geschenke immer so um die fünf Euro gehandelt und dafür bekam man ja bekanntlich nicht sehr viel, vielleicht aber trotzdem was Nettes. Stella dagegen, da sie anscheinend noch immer so richtig im Geld zu schwimmen schien, wollte mal kräftig reinhauen und ihre neue Familie durch teure Geschenke beeindrucken. Doch ich hatte sie gewarnt und sie hatte auch auf mich gehört und versprochen sich zu mäßigen. Ich war dann mitten in der Woche nach Köln gefahren zum Regierungsbezirksamt, um Infos für meine Bewerbung einzuholen. Das Amt selbst war nicht erwähnenswert, noch seine Angestellten und Beamten, vielmehr die Zugfahrt selbst hatte es in sich; der Bahnhof; der Dom, die Massen und das Geplänkel der Penner. Ich hatte es mir nicht erspart, nachdem ich beim Amt gewesen war, in den Dom selbst zu gehen und für mich und Stella, unsere Zukunft und meine Familie zu beten. Der Dom hatte mich sehr beeindruckt. Seine hohen gotischen Wände auf die das einfallende Dezemberlicht der schwachen Sonne fiel. Es schien als wäre man in eine ganz andere Zeit eingetaucht. Aber es war die Gegenwart. Zweifellos. Die Gegenwart. Das Gemäuer zeugte nur von vergangenen Epochen und Menschen. Und viele Menschen zudem waren in diesem Dom unterwegs. Und alle diese Menschen, die mit ihren konsumierdenden Blicken hier herumliefen, waren einmal gemacht worden, um es sauber auszudrücken. Ob Stella und ich auch welche machen würden? Das war der Zug der Zeit. Jede normale Frau wollte irgendwann einmal ein Kind haben. Das gehörte zum Frausein so dazu wie zum Manne die onanistische Neigung. Ich war davon überzeugt. Und auch, daß es uns so bestimmt war. Aber noch war nicht die Zeit dazu. Denn was, wenn sich herausstellen sollte das Stella krank werden würde, daß sie AIDS hätte? Unwahrscheinlich vielleicht nicht bei ihrer Karriere im Venustempel, aber auch nicht wahrscheinlich bei all diesen Spezialkondomen, die die Nutten heute benutzten, zerstreute ich meine Überlegungen und machte eine kleine Kerze am heiligen St. Antonius an. Ich hatte so gut wie keine Infos im Amt gekriegt, aber dafür den Hinweis die telefonische Auskunft anzurufen. Wie auch immer, denn immerhin hatte ich erfahren, was man so für eine Bewerbung brauchte. Beglaubigte Geburtsurkunde, beglaubigte Zeugnisse, Lebenslauf, Foto und und und. Und mit der Dombesichtigung hatte sich der Kölntrip dann doch noch gelohnt, war ich doch über zwei Jahre nicht mehr vor Ort gewesen. Als ich bei der

Rückfahrt über das mir traurig erscheinende deutsche Land blickte, dachte ich mir, daß ich erstens in einem Schwellenjahr war, zweitens sich ein Jahrsiebt vollendet hatte und drittens Estelle in mein Leben getreten war. An erster Stelle dieses beziehungsweise des kommenden Jahres würde meine eigene Unabhängigkeit stehen. Und das würde ich meistern, erst mit Stellas Hilfe, dann ohne sie.
Zuhause angkommen ging ich die Stellenanzeigen in der Tageszeitung durch. Einfach nur so und da fiel mir eine Anzeige besonders auf. Es handelte sich um ein Casting für Schauspiel, beziehungsweise um eine Fernsehrolle. Direkt setzte mich an den PC und ging auf die Website dieser Castingagentur. Meistens nämlich versteckte sich hinter so einer Anzeige nur der reinste Nepp. Dann kam Stella vorbei und ließ sich erschöpft auf das Sofa fallen.
„Anstrengender Tag sag ich dir Leonard, was machste ?"— „Es geht um eine Filmrolle, die zu besetzen ist. Ich hab' s aus der Zeitung."--„ Na, das ist ja interessant. Fahren wir da zusammen hin?"--„Wieso nicht mein Schatz, du bist mein schönster Schmuck. Aber werden wir jetzt Schauspieler statt Musiker?", fragte ich grinsend. „Wir sind eben vielseitig und das muß man heute auch sein!" meinte Stella etwas fordernd.
„Die Firma heißt Casting time, das kann aber auch Abzocke sein, die machen ja heute alle Geld mit den Träumen der Menschen."-- „Wem sagst du das?, entgegnete ich „deshalb bin ich ja auch auf die Website gegangen. Aber es scheint ganz seriös zu sein. Weißt Du was Stella, wir schicken einfach mal zwei Bewerbungen weg und warten was passiert. Hier steht ja, „wir kontaktieren sie". Was hälts du davon?" Aber Stella war nicht so begeistert und meinte ich solle erst mal quasi allein den Vorreiter spielen. Sie würde es sich dann nochmal überlegen. Kein Wunder, ihr ehemahliges Business hatte sie vorsichtig gemacht und wenn schon der Sexmarkt so mafiös war und wie mir schien auch der Musikmarkt, wieso sollte dann nicht auch der Filmmarkt so druchdrungen sein. Im Prinzip war diese Entwicklung schade, aber die Frage war auch die, ob es nicht immer schon so gewesen war ? Ich

machte trotz allem die Bewerbung fertig und schickte sie los. Irgendwie kam es mir ein wenig Spanisch vor, weil der Bogen ziemlich wenig persönliche Infos forderte. Aber man würde ja sehen. Alles was in Richtung Traum und Traumfabrik ging wollte ich jetzt in den Focus nehmen. Ich wollte doch mal sehen, ob ich nicht doch etwas anderes werden würde als Lehrer in den Fächern Geschichte, Philosophie und vielleicht noch Musik. Natürlich. Auch das würde mir sicherlich Spaß machen, aber ich hatte jetzt nun mal das Feld der unbegrenzten Möglichkeiten betreten und wollte nun auch diese Möglichkeiten in Anspruch nehmen. Vor Jahren schon mal hatte ich bei einem Casting eine Rolle zugesagt bekommen, aber das studentische Filmprojekt war wegen Geldmangels eingestellt worden und mit ihm auch meine damaligen Sehnsüchte endlich mal was Aufregendes zu machen. Stella, die einen Kaffee machte, hatte mich gar nicht begrüßt fiel mir jetzt auf. Ich ging zu ihr und küßte sie etwas verlegen und fragte: „Alles okay Schatz?"—
„Nein Leonard. Ich muß dir etwas sagen. Ich weiß auch nicht wie du reagieren wirst. Aber es ist nun mal, wie es ist und irgendwann wirst du dahinter kommen."—„Weißt du was, leg los! Ich bin gespannt. Aber das alles wird nichts ändern zwischen uns oder?" „Vielleicht doch Leonard, ich, ich ... ich bin schwanger"—„Aber", sagte ich schockiert, „...aber nicht von mir, wie ich annehme ?"--„Nein, ich bin schon über den zweiten Monat. Komme gerade vom Arzt. Und abtreiben tu ich nicht. Ich respektiere das Leben."-- „Nun gut, aber Stella, du mußt doch nicht weinen", flüsterte ich sanft zu ihr rüber und streichtelte ihr die Wange und dann drückte ich sie fest. „Wir halten zusammen Schatz. Ich habe dich viel zu lieb gewonnen. Und außerdem: Ich selbst will eigentlich auch gar keine Kinder und da ist es gut wenn der Wunsch aller Frauen bei dir schon in Erfüllung gegangen ist, wenn ein anderer mir diese Arbeit schon abgenommen hat. Und ich werde der beste Vater für dieses Kind sein, den du dir vorstellen kannst....zumindest werde ich das versuchen, ... versuchen das zu sein oder zu werden..." Stella weinte noch heftiger und

ich drückte sie noch fester an meine hohe Brust. „Weißt du", sagte ich, „du trägst das Kind aus und wir werden es gemeinsam schon irgendwie groß kriegen. Kennst du den Vater?"-- „Ja, aber es war nur so eine flüchtige Sache, ich werde ihn nur mit Zufall wiedersehen." „Also so eine Art One Night Stand Beziehungskind?", fragte ich. Stella weinte wieder umso heftiger und wir setzten uns gemeinsam aufs Sofa und ich streichelte ihren erotischen Körper. Als sie sich beruhigt hatte küßten wir uns. Und obwohl alles so war wie immer und wir dann Liebe machten, war da etwas Merkwürdiges zwischen uns. Vielleicht hätten wir auf den Sex nur gerade an diesem Abend verzichten sollen, aber das war vielleicht auch Stellas Angst den verlieren zu können, den sie noch hatte, nämlich mich und meine Familie, die Stella inzwischen tief in ihr Herz geschlossen hatte. Sie wollte sich, glaube ich, meine Zuneigung an diesem Abend erkaufen. Es war ihr nicht übel zu nehmen und dennoch blieb ein seltsames Gefühl in mir zurück. Dann fragte ich sie, ob wir das kommende Baby als unser gemeinsames Kind verkaufen wollten. Und sie sagte: „ Wenn du nichts dagegen hast Leonard?"--Mir schoß durch den Kopf, daß wir dann auch bald heiraten sollten. Aber lieber mal nichts überstürzen. Trotzdem war ich fest entschlossen an der Seite dieser wunderhübschen ehemaligen Priesterin der Venus alt zu werden. Diese unerwartete Wendung in unserer ach so jungen Beziehung hatte aber das gegenseitige Vertrauen erschüttert und in mir mal wieder den Zweifel geweckt, ob sie mir jemals treu sein könne, ob ich ausreichen würde oder ob sie es mehr brauchte, wie sie es nunmal gelernt hatte. Ich war überzeugt, daß wenn man Sex so oft praktizierte und zudem ohne viel Gefühl, daß dann die Wirkung des Gottes Eros an Kraft verlieren würde und ein Großteil seines Zaubers weichen würde. Aber das waren nebensächliche Überlegungen, denn die Hauptsache war, daß ich, daß wir eine Lüge über Jahre hinweg aufrechterhalten sollten.

Und das, wo ich doch immer so für die Wahrheit war. Ich mußte mit Thomas reden. Soviele Geheimnisse konnte ich nicht für mich behalten. Und ich war sicher, daß er mir auf welche Art und Weise auch immer, helfen würde.

Doch Thomas war in den kommenden Tagen einfach nicht zu erreichen. Das Wochenende verstrich und die kommende Woche verging ohne nennenswerte Zwischenfälle. Außer daß ich mich gegen das Ende der Woche auf mein Casting im Media Park Köln Ossendorf freute. Ich hatte nochmals angerufen und man hatte mir versichert, daß die Sache total gratis sei. Als ich nach langer Fahrt da auf dem Filmgelände ankam, war ich zuerst ziemlich angetan von der Aufmachung und so, aber dann im Castingwarteraum verging mir etwas die Lust durch diese überaus schwachmatischen Filmleute oder solche, die gerne welche werden wollten. Dann mein Auftritt vor der Kamera, als Unteroffizier, der militärische Jungspunt, der seine Freundin im Bett unterdrückt. Ich war mega aufgeregt. Aber der Castingmann war dermaßen begeistert, daß er sagte: „Du hörst spätestens mitte der Woche was von uns."—Nur meldete er sich schon viel früher, nämlich am Sonntagvormittag. Es sei sehr dringend. Ob ich Mittwoch könnte? Ich überlegte und sagte, daß ich notfalls freimachen könne.
Ich solle in ihrer Jugenddoku einen exhibistionistisch veranlagten im Wald onanierenden Gärtner spielen. Okay, wieso nicht ? Ich war bereit mich vor einem Millionenpublikum zu prostituieren, wenn ich auch gar nicht daran interessiert war meine eigene Fresse von der Mattscheibe runterzugrinsen zu sehen. Dann fragte ich nach der Gage. Dann kam ein trockenes: „80,- Euro" Dazu meinte ich dann ebenso trocken: „Ich überlegs mir noch mal. Die Rolle ist mir

doch ein wenig fremd." Aber mal ehrlich. Ich war ziemlich enttäuscht, wenn nicht sogar ein bißchen geschockt, hatte ich mir doch erträumt, daß wenigstens 500,- Euro hätten drin sein sollen. Bei den Werbeeinnahmen und bei der Tatsache, daß man dann erst wieder nach 4 Monaten ins Business einsteigen konnte, weil man „verbrannt" war. Wirklich ziemlich traurig. Sollten sie sich doch einen anderen fernsehgeilen Deppen suchen, der sich zum waldonanierenden Jecken machen ließ vor einem Millionenpublikum und das für läppische der Branche nicht entsprechenden 80,- Euro. Stella, die sich einmischte, sagte: „Für das Geld Leonard verkaufst Du dich nicht. Dafür ist deine Visage zu schade und schon gar deine Person. Außerdem reicht es, wenn sich schon einer oder eine in der Familie prostituiert hat!" „Ja, ja, mein Schatz, ich werde das kanzeln! Ich hab mir ja Bedenkzeit erbeten. Also abwarten. Aber die Sache ist klar. Ach, Estelle", sagte ich, „es kann sein, daß Thomas mal gleich vorbeischaut. Wir wollten ein wenig sprechen. So von Bruder zu Bruder.Ich hab ihn nämlich jetzt doch erreicht." „Ja ist schon gut," sagte Stella, „es geht sicher um mich und das Baby, nicht wahr ?"- „Ja hauptsächlich, oder auch nur unter anderem, aber du weißt, ich stehe zu dir und dem Kind auch wenn es nicht von mir ist."

Ich hatte Stella erzählt, daß ich Thomas alles erzählen würde, was mich betraf. Und sie hatte bloß gesagt, sie kenne das. Einen oder eine sogenannte beste Freundin. Und da klingelte es auch schon. Thomas und ich redeten lange. Natürlich erzählte ich ihm, wo ich Estelle kennengelernt hatte. Aber er blieb cool. „Es ist eben eine unglaubliche Geschichte", meinte er nüchtern. Als ich dann von dem Kind erzählte, reagierte er ganz anders, als er erfuhr, daß es nicht von mir wäre. Stella würde mich für ihre Zwecke instrumentalisieren. Sie brauche jetzt einen Vater für ihr Kind und da sei ich ihre letzte Rettung gewesen. Deshalb auch der unbeschwerte, plötzliche Anruf und so weiter. Ich meinte dazu einfach: „Stellen wir Estelle selbst zur Rede. Sie wird uns sicher nicht belügen!" Und Estelle, die hinzukam gab tatsächlich zu, daß sie von ihrer

Schwangerschaft schon länger gewußt hatte. Aber ihre Gefühle zu Leonard seien von dem Kind völlig unabhängig. Außerdem könne sie gut für sich selbst sorgen. Sie habe genügend Rücklagen. „Und Leonard", warf sie ein, „dieser arbeitslose Akademiker und Traummusiker, kann mich und mein Kind sicherlich nicht ernähren", und dann fügte sie scherzhaft hinzu: „Noch nicht!" Wir zwei grinsten uns an und dann lächelte sogar Thomas. Dann sagte Thomas: „Dann wollen wir mal mit Wasser, denn Schwangere dürfen keinen Tropfen Alkohol, anstoßen auf unser neues familieninternes Geheimnis."
Und Stella holte drei Gläser aus dem Schrank. „Stoßen wir an auf das Kind, auf euer Kind!", erhob Thomas das Wort. „Was auch immer werden wird. Es wird gut sein!" Und dann tranken wir alle in einem Zug unsere Gläser leer.

Bis Weihnachten war es also nicht mehr weit und ich fühlte mich leer. Irgendwie fühlte ich mich seit Monaten zum ersten Mal nicht ausgefüllt und daß Stella nun schwanger war, ich arrangierte mich damit, aber gerade glücklich war ich auch nicht damit. Gut war, daß sie ein Kind bekam, wo ich sowieso keine wollte, aber irgendwie dachte ich mir schon, daß sie es alles geplant hatte und so fand ich sie im Prinzip genauso berechnend wie alle anderen Frauen und das enttäuschte mich, hatte ich doch gedacht, daß sie anders sei. Ich war in der Stadt als mir derlei Gedanken durch den Kopf gingen. Ich wollte noch ein paar Geschenke organisieren, für meine Eltern eine Roger Whittaker CD und für Thomas ein Diktiergerät. Dieses Getummel und dann der alljährliche Weihnachtsmarkt schreckten mich eher ab als alles andere. Hätte Jesus mal geahnt, was für ein Geschäft man mit seiner Geburt einmal treiben würde, ich glaubte er hätte es nicht gemocht, noch gewollt. Da klingelte mein Händy. Es war

Stella, die sich mit mir treffen wollte, um einen Kaffee zu trinken. „Aber nur wo?“, fragte ich. Sie sei auch in der Stadt, in zehn Minuten im blauen Haus. Ich wollte noch was sagen, aber da brach die Verbindung ab. Wieso ausgerechnet im blauen Haus, das ich wie die Pest haßte, und wo sich nur Studentenpack herumtrieb und vielmehr noch, ich würde sagen, der Abschaum der Galaxis. Als ich hinkam, stand sie mit ihren Stiefeln und mächtigem Makeup schon vor der Türe des Cafes und lächelte mir entgegen. Das sollte ein Triumph werden, dachte ich mir. Ich, Leonard, an der Seite der großen hübschen Estelle. Ich wollte mich mal mit ihr in der Öffentlichkeit präsentieren und eine Frau, so sagt man ist der schönste Schmuck eines Mannes. Und irgendwie ließ sie es mit sich machen. Ich meine, daß ich sie mal als meinen Besitz quasi modo der Öffentlichkeit präsentieren durfte. Und ich glaube, der ein oder andere und die ein oder andere haben schlichtweg gestaunt, denn wir waren ein unglaubliches Paar. Wir spielten mit den Blicken der glotzenden Männer und Stella schien es fast schon lästig. „ Lass uns lieber wieder raus hier, meinte sie zu mir“,noch bevor wir was bestellt hatten, „ich hasse diese scheiß Independent Musik.“ Das war wahr, wenn auch nur der halbe Grund war und ich nickte und wir verließen wieder das Lokal, erst langsam, dann in großen Schritten und als Stella mir zulächelte sagte ich laut und deutlich:
„ Platz da, hier kommt Hollywood !“ Und dann waren wir auch schon wieder draußen. „Was für ein Horrorladen“—„Ja wußtest du das denn nicht? Ich hätt dir das bestimmt nicht empfohlen, und jetzt, was nun Schatz?“ „Auf ins nächste Cafe, eines deiner Wahl.“ –„Ich hab ehrlich gesagt keine große Lust mehr. Außerdem wollte ich noch ein paar Weihnachtsgeschenke organisieren.“ „Gut, dann begleite ich dich, wie wärs?“ „Wieso nicht ?“ Und so machten wir uns zuerst gemeinsam auf den Weg zum Musikladen, dann in die Elektroabteilung von Karstadt. Als alles erledigt war und Stella mal wieder mehr eingekauft hatte als ich tragen konnte, begaben wir uns in die Tiefgarage und beluden ihren roten

Flitzer. Dann düsten Stella los in Richtung meine Wohnung. Aber was half der beste SLK im Stadtweihnachtsstau. Wir brauchten fast eine Stunde. Ich unterließ die närrische Bemerkung, daß sie besser wie ich auch die Bahn genommen hätte. Aber wie sollte sie all das auch schleppen? Mit dieser Frau kam man sich schon etwas dekadent vor. Ich mußte natürlich zusehen, daß sie sich schonte, denn immerhin war sie schwanger. Aber das schien sie nicht im Geringsten wahrzunehmen. Stella sprühte über vor Energie und Esprit. Auch hatte sich noch keine sonderlich gute Gelegenheit geboten mit ihr ins Philsophieren zu kommen. Ich glaubte fast, daß sie es als neurotischen Kram abtat, was Philosophie schlichtweg nunmal war, aber verlor sie dadurch schon ihre Daseinsberechtigung? Philosophie war Verstandesarbeit, die es erstmal sicher zu leisten galt. Irgendwann sollte dann so etwas wie die Erleuchtung kommen und man sollte Philosophie, also den Verstand oder das Cogito ergo sum nicht ganz vergessen, aber man würde darüber stehen und wie auf ein kindliches Stadium zurückblicken, was man einmal durchlaufen hatte. Dahin aber war es für mich noch ein weiter Weg, dachte ich mir und machte mir eine Cigarette an. „Stella“, sagte ich unvermittelt, „hast du dir schon ernsthafte Gedanken gemacht, wie das Kind heißen soll?“ „ Nicht intensiv, aber immerhin ein wenig.Florence wenn es ein Mädchen wird und Maximilian, wenn es ein Junge wird.“ „Gut, sagte ich noch etwas in Gedanken versunken. „Du weißt ja, Nomen est Omen. Jeder Name hat eine Bedeutung. Du bist ein Stern, ich bin ein Löwe. Man sollte schon ein wenig darüber nachdenken.“— „Ja, da sag du doch mal, wie du das Kind nennen willst ?“— „Wenn es ein Junge wird, Theodor Bethmann Wolfgang und wenn es ein Mädchen wird, Jasmin Nathalie Patrice.“ Stella mußte lachen. „Der Junge, meinte sie, „hat ja ziemlich altmodische Namen und das Mädchen trägt wohl die Namen deiner schönsten Verflossenen oder Schatz?“—„Kann sein“, ich winkte ab. Ich dachte plötzlich daran, daß eine Partnerschaft auch ein Fluch war. Man sollte so lange mit ein und derselben Person zusammensein. Und Liebe war was Krankhaftes. Aber das waren all so negative Gedanken. Momentan hielt die Verliebtheit noch an, trotz des kleinen Dämpfers mit der Schwangerschaft. Als wir zu Hause ankamen ich es mir auf dem Sofa bequem und sagte zu Stella, sie solle auch aufs Sofa kommen. Und dann schmusten wir verliebt bis wir genug von uns hatten.

Es nahte Weihnachten heran und wir alle, Thomas, Stella und ich feierten bei meinen Eltern, die wie alle anderen auch Estelle schnell in ihr Herz geschlossen hatten. Sie schien scheinbar aus dem Nichts aufgetaucht zu sein und das Fest der Liebe wurde tatsächlich richtig schön. Als ich in der stillen Nacht mit Stella auf den Balkon verschwand und uns die ruhigen Rheinlanden entgegenwehten und wir uns dann innig küßten, da wußte ich endlich: sie sollte meine Frau werden, der Mensch an dessen Seite ich alt werden sollte. Die Stunde der Bescherung kam und alles war normal, da ich ja Stellas vorher ermahnt hatte nicht allzu teure Geschenke aufzutischen. Dann ging meine Mutter wie jedes Jahr in die Mitternachtsmesse und Stella und ich fuhren in meine Wohnung. Und dann wurden wir zum ersten Mal richtig intim. Ohne das die Körper scheidende Gummi. Und es war wundervoll. Stella fuhr am ersten Weihnachtstag mal in ihre Wohnung, um nach dem Rechten zu sehen, wie sie betont hatte.
Doch dann wurde es still um sie. Ich hatte in den folgenden Tagen vergeblich versucht sie auf Handy zu erreichen, oder auch Festnetz. Vergeblich. Dann war ich zu ihrer Wohnung gefahren, hatte verzweifelt als ich niemand vorgefunden hatte, einige Nachbarn rausgeklingelt, aber weder sie noch irgendjemand anderes wußte etwas über das Verbleiben meiner jungen hübschen Lebenspartnerin zu berichten. In

meinen wilden Gedankenspielen tingelten schon die verrückesten Lösungen für dieses neue Problem durch meinen Kopf. Bis ich einen Anruf bekam. „Hallo, hier spricht Dr. Baumgartel von der Uni Klinik Köln. Wir fanden ihre Nummer im Portemonaie von Estelle Boellten und dachten vielleicht, wir benachrichtigen Sie..." „Ja, Gott, was in aller Welt ist mit meiner Freundin?", fragte ich total aufgeregt. „Ihre Freundin hat einen schweren Autounfall hinter sich, auf der A 59. Leider muß ich ihnen mitteilen, daß sie sich noch immer in Lebensgefahr befindet und wenn ich ganz offen zu ihnen sprechen darf, ich weiß noch nicht, ob wir sie hundertprozentig durchkriegen."
Ich stand total unter Schock und wußte im ersten Moment nicht was ich dazusagen sollte. Dann meinte ich einfach: „Sie ist schwanger. Was ist mit dem Kind?" Darauf antwortete der Arzt etwas trocken: „Da läßt sich momentan noch nichts genaues zu sagen. Aber wir müssen sehen, und das ist denke auch in ihrem Sinne, daß wir das Leben ihrer Freundin retten."
„Kann ich sie sehen, ich meine, äh... ich komme sofort, wenn ich zu ihr darf." „Sie hat schwere Brüche und auch ihr Kopf ist in Mitleidenschaft gezogen worden. Aber kurz können Sie sie sehen, klar." „Danke, die Adresse brauche ich noch", sagte ich und dann bedankte ich mich nochmals bei Dr. Baumgartel und erzählte von den unheilvollen vergangenen Tagen der Ungewißheit. Dann legte ich auf. Sofort rief ich meine Mutter an, die in Tränen ausbrach und dann Thomas, der sprachlos war. Längst war ich auf der Autobahn, als ich mich innerlich darauf vorbereitete Estelle wiederzusehen. Wie würde sie aussehen, meine Schönheit. Wie konnte das nur passieren und dann das Kind! Ihr unaustehlicher Fahrstil mußte ihr zum Verhängnis geworden sein. Schon als ich das erste Mal mit ihr gefahren war, hatte ich mir gedacht, daß dies ein ziemlich gefährliches Fahren war, mit ihr.
Auf der Autobahn war zum Glück wenig Verkehr und ich kam schnell zum Uniklinikum Köln. Fragte an der Forte und war schon völlig panisch als man neben mir eine Leiche mit Tuch

bedeckt irgendwohin fuhr. Ich wurde erst zu Stella vorgelassen, nachdem ich mir Plastikschuhe und eine Art OP Hemd angezogen hatte. Stella war an der Lungenmaschine und hatte einen Stap in ihr Hirn reingebohrt. Ich berührte ihre Hand und obwohl keinerlei Regung auszumachen war sprach ich leise im Flüsterton zu ihr. Dann mußte ich weinen. Ich sprach lange mit meiner großen, kleinen Prinzessin Estelle und sie hatte immer noch das Antlitz einer sehr, sehr schönen Frau. Eine Stimme sagte plötzlich, daß ich jetzt gehen müsse und ich küßte noch kurz ihre Hand. Ich wollte mit einem Arzt sprechen, wie es um sie stand. Ich wollte es in Erfahrung bringen. Und tatsächlich ließ man mich vor zu Dr. Baumgartel. „Es sieht sehr schlecht aus um ihre Freundin.“, offenbarte mir der Arzt. Und wir kamen ins Gespräch. Natürlich wollte ich wissen, was überhaupt passiert sei, er aber meinte nur, daß ich das in der Zeitung nachlesen solle. Ich fuhr nach Hause, natürlich nicht ohne vorher verfügt zu haben, über jede kleine Änderung des komatösen Zustandes meiner Lebenspartnerin unterrichtet werden zu wollen. Im Auto fing ich dann total an zu heulen. Ich fühlte mich plötzlich von allen guten Geistern verlassen. Was wenn sie tatsächlich sterben würde, oder noch schlimmer, als behinderte Person durch die Welt zu eilen hatte und das an meiner Seite? Es vergingen ein paar Tage bis ein Tag vor Silvester. Dann kam der entscheidende Anruf. Stella war gestorben. Man hatte ihre Gehirnblutungen nicht unter Kontrolle bringen können, so Dr. Baumgartel. Ich glaubte nicht, daß sie ganz tot war; ich glaubte an so etwas wie Reinkarnation und Karma. Aber das war jetzt ein schwacher Trost. Schnell informierte ich meine Eltern und Thomas. Und wie Stella aus dem Nichts aufgetaucht war, so sollte sie wahrscheinlich auch genausoschnell mitsamt dem neuwerdenden Kind von der Bildfäche verschwinden und in eine andere Welt übergehen. Ich war unfähig zu weinen obgleich ich tief trauerte. Das alles war zu schön gewesen, um wahr zu sein und so blieb ich alleine beziehungsweise mit meinem familiären Anhang zurück. Es sollte nun das große Jahresabschlussfest über die

Bühne gehen. Sylvester stand vor der Türe. Natürlich war mir ganz und gar nicht nach Feiern zu Mute. Ich ließ alles auf mich zukommen auch das Begräbnis und so. Aber ich konnte mich nicht darum kümmern. Das sollten andere machen. Stellas Familie mußte aus ihrem Versteck heraus.

Die Tage vergingen und Stella wurde noch im alten Jahr begraben. Mit ihr all meine Wünsche und Hoffnungen endlich die Richtige gefunden zu haben. Mit ihr auch all meine sexuelle Sehnsucht nach einer gleichwertigen Partnerin. Die Familie, beziehungsweise ihre Familie ließ sich nicht blicken an jenen verregneten kalten Dezembertag kurz vor Silvester. Auch wenn sie immerhin den Anstand besessen hatten das Nötigste zu organisieren. Meine Familie dagegen war in Vollzahl erschienen. Längst hatte ich meine Eltern eingeweiht, wer Stella gewesen war, aber all das änderte nichts oder auch nur wenig an dem innigen Verhältnis, daß man zu ihr gewonnen hatte. Ich glaube, ich konnte damals noch gar nicht so richtig fassen, was alles passiert war und die Predigt des Pfarrers in der spärlich besetzten Kirche, wirkte auf mich fremd und prasselte an mir herab fast wie ein sommerlicher Hagelschauer. Nach Weinen war mir nicht zumute und dann ging alles sehr schnell. Man fuhr zum Friedhof, betete noch gemeinsam ein Vater unser und dann kam Thomas und nahm mich in seinen Arm, um mich ein wenig zu trösten. „Ich glaube, ich bin im Moment gar nicht so traurig Thomas,“, fing ich an und er meinte, daß ich wohl noch immer unter Schock stehen müsse. Seit dem 7. November war ein kleines Weilchen verstrichen, aber noch nicht einmal mehr als zwei Monate. Eine kurze und heiße Beziehung war das gewesen und da sie so unverhofft ja geradezu zufällig in meine Welt getreten war, so war sie auch auf eine ebenso wie mir schien zufällige Art und Weise aus dieser Welt wieder herauskatapultiert worden. Doch dann stiegen mir die Tränen doch ins Gesicht, als der Sarg in die Erde gelassen wurde. Wir alle waren verdammt dazu irgendwann einmal selbst von unten nach oben zu blicken und in die heulenden Gesichter unserer Verwandten zu schauen, die ein wenig Erde in das Grab schaufelten. Aber nein, das war Quatsch, denn ich wußte wie schnell sich die Seele nach dem Tod von ihrem Körper verabschiedete und den Weg ins Licht auf sich nahm. Durch meine esoterische Schulung wußte ich sogar, daß nur die wenigsten Seelen ihr eigenes Begräbnis abwarteten und längst wieder in diesem großen, unendlich großen göttlichen Reich sich befanden. „Ob Stella, jetzt, schon da war?", fragte ich mich. Das Leben erschien mir plötzlich sinnlos und sowieso hatte ich mich das in letzter Zeit häufiger gefragt, ob das Leben so verdammt kurz also quasi nur ein winzig kleines Aufblinken in der Existenz des Menschen als Seele war. Hatte Gott denn so unermeßlich viel Zeit? Ja, die mußte er haben, und wo der letztendliche Sinn des Ganzen lag, das konnte niemand ergründen Vielleicht in einem Selbstbewußtwerden des Gottes durch den Menschen? Das hatte Schelling viele Jahrhunderte vor mir gedacht. Aber was die Philosophen auch dachten und gedacht hatten, der Schmerz und das unsägliche Leid und vor allem den letzten Sinn dieser Welt hatte noch niemand so richtig, und das sollte heißen befriedigend ergründet. Aber das lag vor allem wahrscheinlich an der falschen Vorgehensweise. An der mentalen Vorgehensweise der Philosophen. Träume zum Beispiel konnte man auch nur schlecht in Worte fassen, weil sie einfach nicht in Worte zu fassen waren. So war die Welt zu erklären wohl eher ein Unterfangen, das man nicht in Worte fassen konnte, denn je mehr man es versuchte umso mehr kam man ab von der eigentlich Richtigen Erklärung. Und für Stellas plötzlichen Tod fehlte mir auch jegliche Erklärung. --- Wir fuhren alle nach Hause zu meinen Eltern. Da wartete der warme Kamin und der grotesk wirkende Weihnachtsbaum im Wohnzimmer auf uns. Irgendwie kam mir das alles komisch vor und selbst Thomas, der sonst nicht rauchte, wollte mich in dieser Stunde meines Lebens nicht alleine rauchen lassen und folgte mir in die Küche, wo man mal ausnahmsweise eine rauchen durfte. „Das war ja was!," fing Thomas an. „Wir sollten jetzt erst mal was essen; weißt Du, das macht man immer, wenn jemand gestorben ist, das.." „Ja, ja, fiel ich ihm ins Wort, „Totenschmaus, was soll"s denn sein?" „Einfach ein paar belegte Brötchen und Kaffee und Tee wer will!" „Weißt Du sagte ich, all das was geschehen ist kommt mir so unwirklich vor, als wäre gar nichts, rein gar nichts geschehen!" „Ja. Komm, laß uns erst mal eine rauchen, dann Totenschmaus und vielleicht gucken wir dann gemeinsam was Fernsehen, einfach, um uns abzulenken. Was passiert ist tut mir leid, erstens natürlich für Estelle, zweitens für das Werdende Leben, was gar keine Chance erhalten hat, und drittes für Dich und letztens für uns alle, die dich alle auf dem Weg zum Familienvater gesehen haben, die schon die Hochzeitsglocken haben läuten gehört und und und.... und weißt du " ,sagte er, „es war ja wirklich wie im Märchen. Ihr wart ein klasse, ein unschlagbares Paar und vor allem war alles so sehr abgestimmt aufeinander, ich ..", Thomas kam ins Stocken, „....ich glaube wir alle werden erst mit der Zeit begreifen was passiert ist und wie wir es integrieren können." Damit steckte er meine Cigarette an und zündete auch seine an. Dann schwiegen wir eine zeitlang und rauchten. Ich dachte plötzlich an das letzte Treffen mit Stella, das letzte Mal, daß ich sie als vollkommen unversehrte Frau gesehen hatte. Sie hatte nur kurz nach dem Rechten sehen wollen in ihrer Wohnung. Dann ein Kuß und ich hatte noch ihre Hand berührt und dann war sie gegangen.

--Meine Mutter rief uns zum Essen. Und wir waren alle benommen, aber die Trauer über den Tod eines geliebten Menschen schien man uns nicht anzusehen. Und doch beteten wir alle nochmal vor dem Essen für Estelle. Und dann wurde gegessen. Wir sprachen einfach nicht mehr über die Tote und den Tod. Es war nicht normal, daß ein so junges Leben beendet wurde. Es war zudem unwahrscheinlich, daß so ein junges Leben beendet wurde. Aber es lag im Bereich des Möglichen, sonst wäre dieser Status Quo ja auch nicht eingetreten. Es ging weiter und es würde weiter gehen auch ohne Stella. Das war mir nach dem ersten Biss in das Käsebrötchen plötzlich bewußt geworden. Aber ein kleines Stück von mir, in mir, war doch mit Stella in die Erde gegangen und würde wohl bis zum jüngsten Tag dort bleiben.

Es schienen mir Jahre bis Sylvester. Doch dann nahte heran, was unabwendbar war. Der Kanzler Gerhard Schröder hielt seine Neujahrsansprache ab und es hieß für die Volksgemeinschaft eng zusammenzurücken in Zeiten der Rezession und wirtschaftlichen Depression. Der Sozialstaat sollte finanzierbar bleiben mit allen seinen sozialen Sicherungen, aber leider schien das wie eine ziemlich labile Lüge auf den Lippen des Kanzlers. Mich jedoch beschäftigte das alles reichlich wenig. Die Welt und allen voran Deutschland würde einen Weg finden auch diese Krise zu überstehen. Krisen waren immer Herausforderungen. Nur fehlte Schröder der Glaube an Gott, denn „Gott schütze unser deutsches Vaterland" kam ihm niemals über die Lippen. Schröder war nur die Spitze eines materialistischen Deutschlands und wie man sich auch dazu verhielt, ich dachte mir das an jenen für mich traurigen Sylvesterabend. Die Leute, kam es mir in den Sinn, hatten sich mit diesem wissenschaftlichen Materialismus einfach arrangiert. Schließlich fuhr das Auto ja auch nur, weil es eben funktionierte. Man hatte sich daran gewöhnt, daß letztlich auch der Mensch funktionieren würde und bis auf einen letzten Grund zu ergründen war. Stella war jetzt aus meinem Leben entschwunden und bestimmt hätte mir einer einen plausiblen Grund dafür erzählen können, aber das war einfach oberflächlich. Der wirkliche Grund lag tiefer. Vielleicht war er karmischer Natur, vielleicht war es mir auch einfach, oder uns auch einfach so bestimmt. –Die Menschen jedenfalls schienen sich ganz gut mit ihrer Wissenschaftsgläubigkeit angefreundet zu haben und sie wollten sie auch nicht so schnell aufgeben. Vielmehr wollten sie darauf beharren und Veränderungen vollzogen sich halt nur sehr langsam, bei allem was ich in der Historie an der Universität gelernt hatte. So dachte ich mir, daß der okzidentielle Materialismus noch mindestens 200 Jahre seine Runden machen würde, ehe sich was Grundlegendes an der Gemeinschaft und ihrem Selbstverständnis sich selbst gegenüber ändern würde. Hätte Schröder doch einfach gesagt: Die Macht möge mit Deutschland sein ! Aber das war wohl dann eben doch noch ein Stückchen mehr überzogen als gar nichts zu sagen. Der Nationalgedanke zudem, für den früher ganze Generationen gestorben waren, ebbte nun ab und versandete spurlos in den Hirnen der jungen Leute. Diese neue Religion, die es einmal zweifellos gewesen war, war nun, ich wußte nicht wem oder was gewichen. War es einfach nur die Egogesellschaft, der man sich schon so früh verschrieb? Das wollte ich nicht glauben. Und dem war auch nicht so, wie ich mir dachte und wie ich nunmal hoffte. Der Kanzler hatte geendet, fast mit einem priesterlichen a la Fliege: Passen sie gut auf sich auf!, wie es mir schien. Harte Zeiten forderten harte Disziplin und Unterordnung unter das Gesetz und ein geringes Maß an Freiheit. Das alles galt aber nicht mir, denn ich dachte mir, daß ich so ziemlich mit diesem ganzen Reglement der Institutionen durch war. Ich begab mich in die Küche und holte mir ein Yoghurt aus dem Kühlschrank. Es war halb neun. Ein trauriges, ziemlich trauriges Sylvester und ich wollte nirgendwo hingehen. Ich wollte nochmal in meiner Wohnung sein, bevor ich sie Ende Januar endgültig aufgeben würde. Eigentlich hatte ich gehofft dann zu Estelle ziehen zu können, aber dem war ja jetzt nicht so. Thomas hatte gemeint ich solle mit ihm noch in eine Disco gehen. Ein wenig abtanzen, andere Frauen, andere Gedanken, war seine Devise. Er würde sicher noch gleich zu mir aufs Zimmer kommen und auf mich einreden. Was auch passieren sollte. Irgendwie fand ich die Geschichte mit Stella immer noch so unreal. So jenseits erstens der Wahrscheinlichkeit und zweitens jenseits überhaupt von etwas. Und so gesehen konnte man nach nur kurzer Trauer auch nichts dagegen einwenden, wenn ich mich mal in eine Discotek begab. Oder war ich schnelllebig und genauso oberflächlich wie die, die ich so sehr haßte ? Wahrscheinlich war ich genauso einer. Aber mir war jetzt jede Ablenkung lieb, gut und teuer. Ich brauchte einen Tapetenwechsel. Und ich glaubte, daß ich irgendwie jetzt ein glückliches Händchen in meinem Leben haben würde, was meine Projekte, speziell musikalischer Natur anbelangte und auch was die Partnerschaft betraf. Ich dachte mir, daß Stella eben doch ein guter Auftakt gewesen war. Und wieso sollte man nicht eine zweite Chance bekommen. Wenn Stella mich jetzt hören würde, dann würde ich sie bitten mit mir zu sein. Der Stern meines Lebens war vom Himmel ins Wasser gefallen. „Alles Blödsinn!“, schoß es mir durch den Kopf. Ich konnte meine Trauer nicht überwinden. Dann würde man eben nur ein wenig tanzen gehen, Ekstase und Vergessen. Ich aß dann ruhig mein Yoghurt.

Thomas kam tatsächlich noch und wir fuhren auch noch auf eine Party auf dem Land. Und erstaunlicherweise war Sylvester unheimlich ergreifend. Als um 0.00 Uhr ein paar Raketen hoch gingen und die Dorfglocke ertönte, begann es auch noch zu schneien. Ich mußte plötzlich weinen und wußte nicht warum. Aber natürlich war es mir klar. Ich hatte einen geliebten Menschen verloren und hatte meine Unijahre endlich endgültig hinter mir gelassen. Sicher es wirkte unwirklich aber es war nur allzu real. Ich weinte bitterlich aber auch irgendwie freudig, erfüllt und überwältigt. Ich dachte mir plötzlich, daß mir eine Zukunft mit Stella einfach nicht bestimmt gewesen war und wo sie jetzt war, da war sie sicher gut aufgehoben und das glaubte ich nicht nur, das wußte ich

geradezu. Thomas umarmte mich und dann auch noch Amica, die wir auf der Party kennengelernt hatten. Amica und ich hatten direkt eine so Art Herzenkontakt und so weinte sie mit. Amica war aber nicht was ernsthaft Neues, also ich meine
Beziehungsmäßig, wo ich sowieso noch zu sehr trauerte, aber sie war auch schon etwas älter, aber das war ja auch egal. Es stellte sich heraus, daß Amica Reikimeisterin war und da wurde ich natürlich hellhörig, wollte ich doch das neue Jahr dem spirituellen Wachstum widmen. Natürlich tauschten wir Adressen und ich wußte noch nicht was aus dieser neuen Bekanntschaft werden würde. Sylvester war eine Art heiliger Augenblick der neuen Zivilisationen und ich spürte die Segnung der Götter für das neue Jahr. Wir zündeten ein paar Knaller an und ich ließ zwei Sylvesterraketen in den Himmel schießen und dann ließ ich den Sekt knallen und sagte: „Willkommen neues Jahr und uns und allen alles Gute!“ und dann umarmten wir uns alle. Um 3.00 Uhr war ich wieder im Bett. In meinen Bett. Die Wohnung hatte ich ja gekündigt und ich würde spätestens Ende Januar rausfliegen. Und das war ja auch gut so. Nur ein Problem. Da ich so gut wie kaum Einkünfte hatte, würde ich mich genötigt sehen wieder bei meinen Eltern einzuziehen. Aber all dem sah ich gelassen entgegen. Es folgte der Neujahrstag und wir saßen zusammen mit der Familie bei meinen Eltern mit dem traditionellen Neujahrskranz. Ich war zuversichtlich was das neue Jahr anbelangte und auf dem Weg zu meinen Eltern sah man die verheerten Straßen. Man hatte anscheinend gebührend das Jahr begrüßt und als ich schon dachte ich führe gleich mit dem Auto über ein Meer von Rosen waren das doch nur rote Kracher gewesen. Die Menschen hatten anscheinend all ihren Ärger in die Luft gehen lassen. Und das fand ich ganz gesund.

Die Tage kamen und gingen und ich genoß meinen kleinen, nicht enden wollenden Urlaub. Gut Stella war tödlich verunglückt und nicht mehr präsent, aber all das schmälerte nur gering meinen angenehmen Ennui. Und wie dem auch war, es war halt gut, wie es war. Nicht gut dagegen war, daß ich vorübergehend wieder bei meinen Eltern eingezogen war. Mich störte das weiter nicht, nur verlangten meine Eltern von mir, daß ich mich an ihrem, an sozusagen unserem Haushalt beteiligen würde. Vielleicht sollte ich schon mal meine Sachen zusammensuchen gehen und mich auf den Weg machen die Sachen in der Parterre Etage meiner Eltern einzuräumen, wo ich von ihnen einquartiert worden war, überlegte ich.
Was ich plötzlich nicht alles sollte. Ich sollte den Spülberg wegarbeiten, ich sollte mit Tundra, dem Hund meiner Eltern spazieren gehen, ich sollte mein Bett machen, das sowieso längst gemacht war. Meine Eltern waren eben ein eingespieltes Team in punkto Arbeitsteilung und es war nicht so, daß ich nicht auch gerne meinen Beitrag zu der ganzen Chose geleistet hätte. Aber irgendwie kam ich mir wieder vor, wie der kleine Titti. Meine Mutter sagte zu mir: „Wenn du nichts machst, dann hast du hier auch nichts mehr zu suchen!“— „Dann fahr mich doch ins Pennerheim!“ Mir tat dieser Ausspruch direkt nach seiner Tätigung wieder leid, aber wenn sie mit Druck auf mich reagierte, dann sollte sie Druck zurückbekommen. Heute Nacht hatte ich von meinen ehemals besten Freund geträumt, erinnerte ich mich plötzlich. Wir hatten uns sehr, sehr feste umarmt und uns gegenseitig zum bestandenden Studium gratuliert. Und dann hatte ich plötzlich in einem Ferrrari gesessen und wer hatte am Steuer gesessen? Britney Spears. Ein wahnsinniger Traum. Anscheinend holte mich mein musikalisches Tagtraumgehabe nun auch schon im Schlaf ein. Aber ob meine musikalische Popkarriere jemals überhaupt über den Stadtrand hinausragen würde, das stand noch in den Sternen. Man brauchte den Glauben dazu. Denn Glaube schuf Tatsachen, während Wissen Tatsachen bestätigte. Doch wie nur konnte

man seine Glaubenssätze dahingehend verändern, daß die gewünschten Realitäten eintrafen und sich manifestierten? Denn es war eben leicht gesagt, daß Glaube Tatsachen schuf, wenn man keine Anleitung bekam diesen Glauben zu ändern. Am besten man affirmierte einfach die Glaubenssätze, von denen man wollte, daß sie real würden. Aber wieviele Jahre meines Lebens hatte ich schon affirmiert und affirmiert und war doch auf meiner angeschmierten Realität sitzengeblieben. Das war auch so mit dem positiven Denken. Man konnte nämlich noch so positiv denken wie man wollte, trotzdem änderte sich der Status quo wenn überhaupt dann nur schleichend und sehr sehr langsam. Die Leute aber wollten Taten sehen, Dinge, die die Welt veränderten. Wenn auch die meisten an einer unveränderlichen Welt allzugerne festhalten wollten und sich danach sehnten, daß sich rein gar nichts verändern würde. Aber die Welt war nun einmal dem Wandel unterworfen und das hatte schon Heraklit festgestellt. Dieser Mensch aber, der sich nach einem Bleibenden sehnte und darum einen Gott erfand oder schaffte, das war nämlich die entscheidende Frage, um dann zu dem zurückkehren zu können von dem er in Wirklichkeit abstammte, war zu einem gewissen Anteil mit diesem ewigen Sein seiner selbst verbunden, ja er strebte permanent danach dieses höhere Sein zu erreichen. Gott war von den Menschen nicht erfunden worden nur damit die Gesetze Gültigkeit beanspruchen konnten. Nein Gott, eine höhere absolute Intelligenz war von nöten, um das Universum und das Leben zu erschaffen, oder auch nur zu begründen. Das war mein Glaubenssatz, aber was bewirkte er in der seienden Realität ? Gut immerhin hatte ich das Studium ganz passabel beendet und mir damit einen meiner Kindheitsträume erfüllt und dann war aus dem Nichts Stella aufgetaucht und man hatte Familie gründen wollen, aber genauso schnell wie sie gekommen war, war sie in ein vermeintliches Nichts zurückgekehrt und hatte mich alleine zurückgelassen. Mein Glaube jedoch war stark genug um zu wissen, daß sie noch existierte, da

draußen, in der vierten Dimension, in Gottes ewigen, gütlichen Reich.
Ich dachte genau in diesem Moment daran, daß ich Stella, wenn auch kaum zwei Wochen seit ihrem tragischen Autounfalltod vergangen waren, losgelassen hatte. Vielleicht hatte ich die Sache noch nicht gänzlich verarbeitet, wie denn auch, aber ich fühlte mich auf eine merkwürdige Art und Weise frei zu tun und zu lassen was ich wollte. Stella war ein stellares Geschenk zum Examen für mich gewesen. Aber konnte man es auf diese unwirkliche Art und Weise in den Schein einer Zweilichtzone erheben?
Und so machte ich mir Gedanken, während meine Mutter mir in den Ohren lag, ob Stella real oder nur ein Traum gewesen war und zweitens ob die Rückkehr zum Elternhaus für einen Endzwanziger angemessen oder schlichtweg in eine Katastrophe führen würde. Aber es blieb mir keine große andere Alternative, denn ich hatte mich nicht umgesehen nach einer billigen und erschwinglichen neuen Wohnung und war in dem Glauben in die Sache reingegangen, daß ich zu Estelle hätte ziehen können. Jetzt lagen die Dinge halt anders und mußte man sich irgendwie mit den Dingen arrangieren. Deshalb dachte ich mir, würde es nun das beste sein, mit Tundra ein paar Runden zu machen und vielleicht würde man ja auch auf neue andere Gedanken kommen auf diesem Januarspaziergang. Und so packte ich meinen Mantel und die Hundeleine, pfiff nach Tundra und machte mich auf den Weg.
Als ich mich auf den Weg machte, fing es an zu schneien. Sehr heftig sogar und innerhalb der nächsten halben Stunde, war alles in einen leichten Weißschimmer eingetaucht. Ich ging durch den Wald und dachte mir, daß er immer schon so präsent war wie jetzt, zu keiner Zeit anders oder auch nur irgendwie ein bißchen different. Samson und ich durften als erste diese Schritte in den frischen Schnee machen und es kam mir vor wie Neuland, das ich betreten durfte. Zudem schluckte der Schnee die Akustik der Stadt, die man sonst immer im Hintergrund hörte und so war es angenehm ruhig

und man fühlte sich von der ganzen Welt verlassen. Ich aber fühlte mich nicht von der ganzen Welt verlassen.
Gut, Stella hatte mich verlassen, aber ich hatte noch meine Familie. Es kam mir trotzdem merkwürdig vor, aber es kam mir der Gedanke, daß das Leben niemals sonderlich anders gewesen war, als heute. Gut vieles hatte sich entscheidend verändert auf dem Weg zur intergalaktischen Gesellschaft, wie ich es spaßeshalber einmal nannte, aber nein, trotzdem waren die Grundentitäten des menschlichen Seins und Lebens gleich geblieben. Das war mein Fazit des Januarsspaziergangs. Das Leben war und blieb Werden und Vergehen. Das Schlagen der Wellen, das Stranden und das Zurücklaufen. Mit der einen selben Ignoranz war es das stete Kommen und Gehen. Ein Aufstreben und ein Niedergang. Und just in diesem Moment schien die Sonne in den Wald und erleuchtete die großen Bäume dieses Planetenabschnitts. Ich war dankbar für diesen unvergleichlich schönen Moment und hätte ihn gerne mit jemanden geteilt. Vielleicht mit Stella. Aber das war niemehr in diesem Leben möglich nach allen Gesetzen von Zeit und Raum. Und da kam ich an das Jesushäuschen im Wald und betete ein Vater unser. Mir begegnete ein Spaziergänger, der nicht recht grüßen wollte. Und dann ging der Spaziergang zu Ende und ich betrat wieder die zivilisatorischen Gefilde. Die Streudienste waren schon im Einsatz gewesen und alles war ganz passabel passierbar. Tundra war zufrieden und ich machte mir zu Hause erstmal einen Kaffee mit Milch. Dann setzte ich mich an den Computer und scheckte meine Mails. Amica hatte geschrieben. Wir würden uns sehr bald sehen, wie ich hoffte und so schrieb ich hoffnungsvoll zurück.

„Macht nichts", dachte ich mir eine Woche später, denn von Amica hatte ich nichts mehr gehört. Der Schnee, der gefallen war blieb auch noch etwas erhalten, was eher ungewöhlich

war für das Rheinland, aber ich genoß es nur allzusehr mit täglichen ausgiebigen Spaziergängen. Ich setzte mich eines Nachmittags nochmal an den Computer und schrieb Amica. Und tatsächlich mußte sie gerade Online gewesen sein, denn es kam eine Mail zurück. Sie entschuldigte sich und fragte, wann wir uns endlich treffen würden? Nichts lieber als das, dachte ich doch schon du hättest mich vergessen, mailte ich zurück. Auch Georg, ein alter Freund, den ich mal im Krankenhaus kennengelernt hatte meldete sich zur gleichen Zeit.
„Hey, Leonard, wie geht's dir denn?“, fing er an und ich erzählte ihm die ganze leidige Geschichte mit Stella. Er war zur Examensfeier eingeladen gewesen, konnte aber leider nicht kommen. Er war so etwas wie ein wirklicher Workaholic. Er war Therapeut und zudem war er Tättoomeister, eine wirklich komische Kombination, aber das störte mich nicht. Er schien überall seine Nase drin stecken zu haben und so war es nicht verwunderlich, daß er so ziemlich die einzige reale Chance für mich repräsentierte den musikalischen Weg nach oben zu meistern. Er war ein alter Schulfreund Campinos gewesen oder war es noch und da bot sich durch diese Art von Beziehung natürlich die Möglichkeit das Studio der Toten Hosen zu bekommen. Aber da ich noch etwas in Trauer war und Georg das auch gut verstand, verschoben wir die ganze Sache auf den März des laufenden Jahres. All das waren gute Aussichten auf eine neue Zeit. Georg redete mir gut zu und so kam es, daß er mich treffen wollte, um sozusagen ein gutes therapeutisches Wort anzubringen. Und so verabredeten wir uns für nächste Woche Montag.
Dann war ich wieder mit der Amica Geschichte beschäftigt und so ging es nach kurzen Intermezzo weiter in Richtung Reiki Ausbildung. Der Meister drängte quasi so richtig ins Haus, oder stand ins Haus und ich war guter Dinge, fast jedenfalls euphorisch. Und so mailte ich Amica eine zweite Mail und fragte sie darin, wann sie denn mal könne. Dann machte ich den Computer aus und verlagerte mich auf mein kleines Appartment, das mir meine Eltern zur Verfügung

gestellt hatten. Ich zündete eine kleine Kerze an und legte so eine Art meditative Musik auf. Es war auch schon nach sechs Uhr und ich dachte mir, während ich meine Schuhe auszog und es mir auf der Coach gemütlich machte, daß ich auf den Trümmerhaufen meiner Existenz zurückblickte. Frauen, die ich gewollte hatte, hatten mich nicht gewollt und Frauen, die mich gewollt hatten, hatte ich nicht gewollt oder wenn sie mich gewollt hatten, dann waren sie mir unter den Händen weggestorben und das auch wenn Stella nur ein Einzelfall war. Wenn ich mir all diese unglücklichen Beziehungen und Beziehungsmuster meiner Vergangenheit anguckte, dann schien es mir, selbst wenn meinerseits nicht soviel Liebe im Spiel gewesen war, daß ich stets einen kleinen oder auch gewissen Teil von mir selbst mit dem Scheitern der Beziehung verloren hatte. Ich war nicht mehr ich selbst, sondern ich war aufgeteilt an die eine oder andere und zurückgeblieben war nur ein Fetzen dieser Welt, ein Fetzen meines Individuums, das längst kein Unteilbares mehr war: denn ich hatte mich verteilt. Trotzdem schien es mir nach einiger Überlegung, daß noch genügend Kraft oder Eros vorhanden war, um mich neu zu verlieben, denn erstens war gerade der Eros im Mann ewig und zweitens konnte man neue Gefühle für einen Menschen entwickeln, auch ich würde dazu fähig sein, wenn nicht jetzt, dann konnte das man ganz gut verstehen, denn die Frau, die mir tagtäglich mit ihren wunderschönen Lippen und ihren fantastischen, makellosen Zähnen einen geblasen hatte, hatte sich so schnell wie der Wind wieder aus meinen Leben verabschiedet. O Stella dachte ich und fühlte in meiner Hose etwas Hartes. Dann war es unvermeidlich, denn ein Übermensch war ich ja auch nicht, sondern nur ein ganz normaler Mann und ich mußte ran. Danach ging es mir deutlich besser und ich schlief sogar für eine Weile ein.

So hatte mich doch wieder das alte Dasein eingeholt. Stella war nur ein kurzer Traum gewesen, der in seiner Intensität so nicht Bestand haben hatte können. Die Realität hatte mich sehr, sehr schnell eingeholt. Was die Zukunft bringen würde, war ungewiß. Meinen Reikimeister würde ich wohl machen, was musikalisch auf dem Tablett stand, wußte man noch nicht. Das Refrendariat winkte, natürlich. Natürlich war auch, daß ich nur allzugerne von einem solchem verschont bleiben wollte. Die neue Realität, die mit einem auf die Straße geworfenen Blumenstrauß begonnen hatte und so vielversprechend dann tatsächlich ihre Bahnen gezogen hatte, war nun schon Vergangenheit, soviel wurde mir klar. Und so ging ich raus und guckte in die Sterne. Es war Sternenklar und so packte ich mir mein Teleskop und fisierte die Planeten an. Jupiter war nun im Januar in seiner vollen Pracht wieder auferstanden. Ich sah seine Monde und dachte mir an dieser eiskalten Winternacht, daß da oben die Zukunft rief. Sie rief unentwegt und die Menschheit stand am Scheideweg das System, ihr System zu verlassen. Wenn das auch noch lange dauern würde und religiöse Streitigkeiten das Weltgeschehen dieser Tage bestimmten, so war ich doch sicher, daß man den Weg nach da oben finden würde. Lange hielt ich es nicht aus in dieser Kälte. Und dann fixierte ich die Sterne und hoffte, daß mir ein Glück von ihrer Seite ein zweitesmal beschieden sein würde. Plötzlich war ich dankbar für die Erfahrung der vergangenen Monate. Eigentlich war es fantastisch unglaublich und großartig gewesen. Ich war so dankbar für all das was geschehen war und für all das was da kommen sollte.

Tagebuch eines Nicht-Etablierten

15. Aug. 1998

Wir wollten ins Poppelsdorfer Schloßkonzert. Ein schöner Sommerabend. Ich hatte mir Anzug und Krawatte, schöne Schuhe angezogen, mit einem Wort: Ich hatte mich total in Schale geworfen. Es dirigierte ein namhafter Dirigent. In der Pause ging ich an den Leuten vorbei und flüsterte zu mir selbst: „Wie fühlt sich das deutsche Establishment?“ Es feiert sich selbst und läßt sich's gut gehen. Leid andrer wird ignoriert. Wieso auch nicht? Man feiert eben seinen Erfolg...
Das Establishment feiert sich selbst. Die Leute sind fröhlich und lachen.Und bald gehöre ich vielleicht auch dazu. Vorausgesetzt ich scheitere nicht am Staatsexamen. Ich bin gut gekleidet, vielleicht zähle ich jetzt schon zu ihnen, zu diesen Lackaffen in Nadelstreifen mit domestizierten Ödipuskomplexen und neurotisch ausgerichteten Persönlichkeitsstrukturen, die der etablierte Mensch mit vierzig so langsam über Bord wirft, die mich aber noch vollends okkupiert halten...
Lackaffen? Neid? Ich weiß es nicht. Will ich überhaupt jemals dazu gehören? Ich will Philosophielehrer werden; dann werde ich den Zöglingen dieser Luxusgesellschaft den Boden unter den Füßen weg ziehen und es wird mir Spaß machen! Ich werde zu einem Provokateur. Ich werde die letzten Werte und Normen dieser nach Establishment lechzenden Schäfchen kritisch in Frage stellen!
Ich höre eine Frau im Vorbeigehen stolz berichten: „Mein Sohn ist ja jetzt in der FDP und engagiert sich da total...“

Schön für sie. Die FDP . Die Leistungsprinzippartei. In eine Partei der alten Garde eintreten, hieß für mich Verrat am Selbst. Aber vielleicht würde ich auch mal anders denken. Irgendeine Partei mußte man ja doch wählen! Es mußte ja nicht unbedingt die CDU oder die FDP sein, aber demokratisch orientiert sollte sie schon sein.
Ich wollte einfach nur mal festgehalten haben, wie sich das Establishment feiert. Und es feiert sich nicht nur in Deutschland, sondern weltweit. Jeder Auflehnversuch ist bis her kläglich gescheitert, oder man endet in der Einsamkeit, wie Friedrich Nietzsche. Jeder will da rein. Auch ich. Ich hasse opportunistische Menschen, die um alles in der Welt ins Establishment wollen und dabei kein bißchen reflektieren, was und warum sie das wollen...Zum Glück muß ich mich deshalb nicht selbst hassen...

16.August 1998

Ich treffe meinen lieben Onkel Richardi abends auf der Straße. Ich frage ihn lachend oder besser noch neckend: „Na, Herr Doktor, wie fühlt man sich, wenn man zum Establishment gehört? Schönes Häuschen, schöne Frau, zwei schöne, nette Kinder, die alle wohlgeraten sind, schönen Urlaub, schönes Auto, guten sicheren Job?“
Er antwortet heiter: „Und einen hübschen netten Neffen!“--„Ja, ja, richtig, wie fühlt man sich dann?“ Er geht nicht weiter darauf ein. Er sagt nur: „Euer Hund hat heute Nacht so einen Krach gemacht! Was war denn los?“ „Wir waren auf dem Poppelsdorfer Schloßkonzert und hatten ihn in den Zwinger gesperrt!“

„Ja, war schrecklich, das Geheul, als wenn er gefoltert worden wäre!“
Meine Tante kommt auf die Straße. Sie sagt: „Hey, ich hab‘ gehört, was Du gesagt hast ! Etabliert sein ist schön, aber letztlich muß man im Tod doch alles wieder aufgeben! Man kann nichts, kein Haus, kein Geld, keinen Titel, aber auch gar nichts mitnehmen!“--„ Ja, von der Seite habe ich es noch gar nicht betrachtet, aber ein paar Jahre kann man sich an seinen Früchten doch wohl freuen oder?“-- „Ja, aber nicht allzu lang, guck mal, mein Leben ist jetzt doch fast schon rum, noch zehn Jahre und ich bin Sechzig!“-- „Na ja, zehn Jahre müssen aber auch erst mal gelebt werden...“
„ Du immer mit deiner ewigen Panik vor dem Tod! Jetzt hör aber endlich mal auf!“, mischt sich mein Onkel ein.-- „ Aber Du! Du verdrängst alles“-- „Ja und dabei geht’s mir gut“, sagt mein Onkel. Ja dem Establishment geht’s gut, denke ich mir. Ein bißchen arbeiten, eine gute Portion Sex, Geld, Auto, Haus und ein bißchen verdrängen... damit kann man leben...sehr gut sogar!

17.August 1998

Manchmal denke ich, daß ich eigentlich auch schon zu den Etablierten zähle. Warum?
Weil ich schließlich das Abitur gemacht habe und jetzt studiere ich schon fast fünf Jahre. Wenn alles klappt, bin ich in zwei Jahren mit dem Studium fertig. Nur meine ich, daß es andere Artgenossen meistens viel einfacher haben, als ich ins Establishment aufzusteigen. Jeder will sich profilieren. Aber noch lange nicht jeder stellt so große Ansprüche an sich selbst, wie ich. Vielleicht mache ich mir damit das Leben schwer. Zurück zum Abitur. Als der Abschlußball war wollte ich mich nicht extra in Schale werfen mit Anzug und allem Pipapo, ich zog einfach eine Jeans an und ein schwarzes

Hemd. Man fragte mich dann, wieso ich mich nicht schick gemacht hätte und ich anwortete, daß ich das lächerlich fände. Ich rauchte eine dicke Zigarre, so wie es Millionäre a la Schwarzenegger machen und ich gefiel mir bei meiner Rolle als Outlaw, als kleines Skandalon. Heute im Rückblick bin ich da schon anderer Meinung. Wieso sollte man sich nicht in Schale werfen, für so einen Abschluß, und zu dem noch einem guten Abschluß , denn ich habe mein Abitur mit 2,0 gemacht! Dies ist der erste gute Anlaß sich gut anzuziehen. Und an dem System Anzug und Krawatte hat sich in den letzten 100 Jahren nichts verändert und es wird sich auch nichts durch die Punks ändern oder durch mich, auch ich werde mich anpassen und auch die nächsten hundert Jahre wird sich nichts verändern in Bezug auf Kleidung. Vielleicht doch. Vielleicht wird man alles ein bißchen lockerer sehen, wenn mehr und mehr Outlaws zum Mainstream werden.
Auch als ich mal in der Oper war, zog ich kurze Hose und ein heruntergekommenes T- Shirt an. Ich war damit ein Skandal für die Lackaffen der Oper-- Meiner Oma, die mich dazu eingeladen hatte, gefiel es auch nicht gut, aber sie duldete es. Mir machte es Spaß zu provozieren und dabei genüßlich eine Cigarette zu rauchen. Das war kurz nach dem Abitur; da fühlt man sich so aufgepowert und selbstbewußt, daß man sich das zutraut. Ich traute mich sogar mit einer Hose, die ich komplett mit dickem Tesafilm eingerahmt hatte in die Stadt zu gehen und in einem Cafe ein Bier zu trinken .Und die Leute haben alle nur blöd geguckt. Das war vielleicht ein Spaß! Denn der wahre Philosoph und Mensch muß immer die Masse mit Klugheit und Verstoß gegen die Norm aus ihrer Verharrung und ihrem Sicherheitsbedürfnis locken! Der Künstler und der Philosoph sind gekommen um den suchenden irrenden Seelen den rechten Weg zu weisen, um eine Andeutung dessen zu geben, was das wirkliche Leben jenseits des „das tut man , das tut man nicht“ sein könnte,

jenseits des Common Sense, dieser Krankheit dieser fast toten, so doch noch vegetierenden Gesellschaft.[1]

18. August 1998

Einmal fragte ich mich, welchen Schaden die Etablierten mit ihrer Ignoranz verursachten. Sicher durch das Ignorieren und das bloße Wahrnehmen des Leides in der dritten Welt z. B. machten sie sich schuldig am Hungertod zahlreicher Menschen. Sie waren Mitschuld am Holocaust in der dritten Welt. Aber wie sollten sie den auch verhindern? Es gab Ansätze, wie z. B Karl- Heinz Böhms Menschenhilfe und viele der Etablierten spendeten Geld für die dritte Welt, einige engagierten sich für den Erhalt des tropischen Regenwaldes fuhren aber trotzdem ein Auto ohne Katalysator und trugen so zum Waldsterben in ihren Breiten bei.
Aber was machten die Nicht- Etablierten, wie ich z .B. gegen das Unrecht in der Welt? Gut. Ich hatte Unterschriften gesammelt vor vielen Jahren als Jugendlicher für die Rettung des tropischen Regenwaldes und als ich meinen etablierten Klassenlehrer von dem ich bis dahin viel gehalten hatte, weil er uns im Erdkundeunterricht immer auf die weltbedrohenden Probleme, die von Menschen verursacht wurden, aufmerksam gemacht hatte, darum bat, die Unterschriftenliste an einer weiteren Schule zu verbreiten (er hatte gute Kontakte zu anderen Schulen), hatte er dankend abgelehnt. Vielleicht war so eine Aktion nicht ganz unpolitisch und nicht gut für das Parteibuch. Er wollte sich seinen so gut etablierten Status als Lehrer, den er sich wahrscheinlich mühsam erarbeitet hatte, nicht durch eine für mich ganz wichtige,

[1] Zitiert aus Napischtims Lehren, Stephan Damian Berens; 21. Juni 1994

seine Existenz aber nicht tangierende, Unterschriftenaktion versauen. Ich hielt von da an nichts mehr von ihm. Alles Luftblasen, was er im Unterricht betreff der bedrohlichen Lage von Weltklima, Umweltzerstörung und tropischen Regenwald von sich gab, wenn ihm das noch nicht mal, die im Rahmen seiner Möglichkeiten stehenden, Unterschriftenaktion wert war. Zu wenig Engagement und Zivilcourage. Immer auf den eigenen Vorteil bedacht; das Geld, daß man mit dem Job verdient steht bei den meisten Lehrern heutzutage im Vordergrund und das finde ich schade. Sie sparen auf einen schönen Wagen und freuen sich am Etabliertsein nicht anders als die Lackaffen des Poppelsdorfer Schloßkonzertes. Das hat mich als Schüler schockiert. Und so ein Lehrer, wenn ich denn einer werde, möchte ich auf keinen Fall werden.
Gut. Auch habe ich mich für die Asylbewerber engagiert. Ich bin Mitglied bei Pro Asyl geworden. Deutschland hat als Land, das soviel Leid über die Juden gebracht hat, meine ich zumindest die Verpflichtung sich heute bei verfolgten Menschen anders zu verhalten. Natürlich gibt es auch Wirtschaftsflüchtlinge. Leute, die sich ein schönes Leben in Deutschland machen wollen, auf unsere Kosten. Natürlich sind auch einige der Etablierten in solchen Vereinen. Man kann nicht alle über einen Kamm scheren. Aber es gibt lethargische Etablierte, die jeden Samstag ihr Auto putzen und ihren Fernseher mit einem Staubpinsel fast täglich säubern. Solches Establishment finde ich einfach widerlich. Abstoßend.
Auch verachte ich Schulfreunde, die nach dem Abitur in den öffentlichen Dienst gingen und jetzt schon verheiratet sind. Natürlich haben sie ihren Weg gemacht, vielleicht ist es auch nur meine Eifersucht, ihnen gegenüber. Sie sitzen in festen Sessel im bürokratischen Apparat und kassieren das dreizehnte Monatsgehalt. Aber was haben sie wirklich erreicht? Wie kann man nur so unreflektiert, borniert und kleinklugscheißerisch sein, mit soviel Schulbildung, aber wahrscheinlich haben sie wohl verstanden, worum es im Deutschunterricht z. B. ging, aber nichts haben sie begriffen.

Solche unkritischen Menschen sind der Bürokratie lieb und gut und teuer. Aber ich habe nichts als Verachtung für diese Art der Etablierten übrig. Mögen sie noch so glücklich sein. Keine Ahnung von der ureigentlichsten Charaktermotivation ihres höheren Selbst, welches nach mehr strebt als ein bißchen Sex in dieser technischen Beton und Stahlwelt, welches nach mehr strebt als ein bißchen Geld zum Lebensunterhalt und ein paar schönen Momenten mit Frau und Kind im Urlaub auf Mallorca. Und warum überhaupt Kinder? Um die Leere im eigenen Leben zu füllen! Weil es sonst zu still würde in der Partnerschaft... aber was wenn die Kinder einst aus dem Haus sind und man selbst alt geworden ist? Dann meldet sich die Seele, die lange unterdrückte Komponente im Herzen des Etablierten. Dann schlägt die Wahrheit um sich. Das Gefühl, das Unterdrückte, die Sinnlosigkeit des eigenen Lebens, mit der Gier nach Hedon und dem Mammon. Ja man ist den falschen Göttern hinterher gelaufen in all den Jahren! Jetzt melden sich die großen Gefühle des höheren Selbst, die ich jetzt schon lebe. Große Gefühle, grausame Tiefe, unfassbare Höhe. Das ist das wirkliche Dasein, jenseits des Establishments schon möglich und es wird nicht verschwinden, wenn ich einst im Establishment bin. Und eins will ich Dir anvertrauen mein Tagebuch: Wenn ich einst an die Spitze kommen sollte, nach zahlreichen Jahren, dann werde ich reformieren, wenn nicht revolutionieren... und diesen etablierten Angsthasen, die ja auf der Erhaltung des Status Quo fixiert sind ein Donnerwetter in den Arsch blasen und sie werden staunen, so wie halt die Toten staunen , wenn da ein Lebendiger vorbeikommt, den der schwere Weg ins Establishment nicht klein gemacht hat und domestiziert hat, ein Monster für die Angsthasen, aber ein Erlöser für die Mutigen. Dann werde ich auf die Pauke hauen und diese Hoffnung gibt mir Kraft weiter durchzuhalten auf meinem Weg ins Establishment...

Cigarette in der Karibik

„Einfach nur blöd“, dachte ich mir an diesem Sonntagabend. Was machte ich bloß falsch? In punkto Frauen, denn allmählich fragte ich mich wirklich ob es nicht langsam an der Zeit wäre schwul zu werden. Erstens sicherlich mußte man sich an Orte begeben, wo man Frauen treffen und aufreißen konnte. Klar. Aber das war für mich keine Garantie. Denn ich war halt zu differenziert und einfach nur blöd war auf das Gebete einiger guter Tanten zu vertrauen und auf die andere Welt. Was wenn mir gar keine Frau zugedacht war, wenn mir seitens der geistigen Welt ein zölibatäres Leben beschieden sein sollte? Und außerdem hatte ich mich an das Singledasein gewöhnt und daran absolut keine Kompromisse einzugehen beziehungsweise eingehen zu müssen. Zudem hatte ich so meine gewissen Vorstellungen, das heißt Ansprüche und da ich mal gehört hatte, daß vor allem Depressive ansprüchlich sind, fragte ich mich desweiteren ob ich depressiv sei? Ich kam zu dem Ergebnis, daß ich wohl leicht enttäuscht war und auch traurig, aber nicht depressiv. Frauenmäßig sah ich leider keine Perspektive mehr denn entweder man mußte ein Kind heiraten oder eine Oma. Ein Kind, weil man ihm noch so einiges vormachen konnte oder auch noch so einiges beibringen konnte und eine Oma, weil allein die weise genug war mich aushalten zu können, mich die große Differenz. Jetzt war ich auch noch, wenn auch nur vorübergehend zu meinen Eltern gezogen, wahrscheinlich ein großer Fehler, aber wieso eigentlich: meine Eltern sind meine besten Freunde, na ja und das macht junge Frauen nicht gerade an. Ich scheiß einfach drauf. Sie werden nicht begreifen wer ich bin und was ich zu verwirklichen gedenke. Ich bin nämlich der, der ich bin wie jeder andere auch und ich will einst irgendwo in der Karibik genüßlich meine Cigarette am Strand rauchen. Vielleicht sind wir europäischen Männer aber auch einfach zu wenig geliebt. Das ist die Frage. Aber ich zweifele, ob es in anderen Breiten anders ist oder ob da nur der Faktor Geldgefälle eine Rolle spielt. Auf jeden Fall einfach nur blöd, sich halt auf die höheren Mächte zu verlassen. „Wenn du denkst es geht nicht mehr kommt irgendwo ein Lichtlein her", hörte ich heut morgen im Radio. Das Licht läßt auf sich warten. Leider. Oder heute zumindest. Na gut, ein junges Mädchen, das mir gefiel habe ich heute getroffen und sie hat sich sogar nach mir umgedreht, obwohl über 10 Jahre zwischen uns standen. Ich hab die Hoffnung noch nicht ganz aufgegeben, denkt man nur zum Beispiel an Johannes Rau unseren Bundespräsidenten. Der wurde ja vom Eheglück auch erst in späteren Jahren gesegnet. Aber das ist nur ein schwacher Trost. Ich kann nur selber für mich beten, aber wie lange tu ich das schon. Gucke ich in meine Jahresbücher, dann steht das mit den Frauen immer an vorderster Front, jetzt fast schon ein Jahrzehnt. Alles hatte so gut angefangen mit meiner ersten großen Liebe. Aber sie hatte mich dann doch nicht gewollt. Natürlich hatte ich andere Frauen gehabt und hatte meine besten Mannesjahre so schließlich nicht völlig zölibatär und onanistisch verbracht. Aber es waren alles nur kurze und nicht sonderlich leidenschaftliche Sequenzen meines Lebens gewesen. Ich war enttäuscht und innerlich schon lange weinend mich verzehrend in den Tag lebend, aber man hatte keine Gnade mit mir. Dann kam mir in den Sinn, daß ich einfach eine ruhige Gleichgültigkeit in die Sache reinbringen mußte. Trotzdem hatte ich wohl so etwas wie Torschlußpanik, da schon die meisten meiner Kameraden und Kameradinnen verehelicht waren. Ich mußte eben warten auf die Zeit in welcher sich meine Aufgabe erfüllen würde. Karibik, heiße Frauen, heiße Höschen, endlich genug Asche, um geliebt zu werden. Daß das natürlich genauso ein herber Schwachmatismus war war mir beileibe sonnenklar, aber mit mehr wußte ich mich jetzt eben nicht zu trösten. Die Sonne würde mich küssen und mit ihr auch die Frauen wenngleich mir nur eine gereicht hätte. Und wenn man schon alt sein würde, dann eben, es gab ja neuerdings Viagra. Aber darum machte ich mir keine Sorgen, denn im Notfall konnten meine bezahlten Liebsten ja auch blasen. Schöne Aussichten, im jeden Fall traurig, aber nicht ganz, nicht ganz und gar traurig, sondern immerhin noch ein Ziel oder eine gewisse Rettung. Im nächsten Leben möchte ich eine hübsche, sehr hübsche große Frau mit wenig Busen sein. Und ich werde meinem Mann mit Hingabe dienen und ihn abgöttisch lieben. Da freu ich mich drauf, noch mehr als auf meine Frauen und Cigaretten in der Karibik.

...und zudem noch Schnupfen

In der Tat. Ich hasse Menschen, die andauernd spucken. Als wenn sie ihr Revier gleich einem Rüden zu markieren hätten, oh ja, ich finde das gräßlich und unglaublich abstoßend. Jetzt, wo ich erkältet bin, spucke ich hin und wieder selbst. So holt mich mein Haß und mein Bild von meinem Nächsten, das ich mir zurechtgemacht habe mal wieder ein. Muß ich mich denn jetzt selbst hassen? Eigentlich ja, denn ich liebe es konsequent zu sein, aber jede Regel kennt bekanntlich ihre Ausnahme. Ich spucke meinen Rotz und Bronchialschleim aus mir heraus, als ich widerwillig spazieren gehe und damit den Hund ausführe. Na ja, es geht, es ist nicht so schlimm wie diese Spuckprolls, es ist ja krankheitsbedingt. Also wird es auch vorübergehen. Ich komme an diesen Häusern meiner Straße vorbei und denke mir wie wunderschön...wie wunderschön schrecklich. Diese Menschen haben es geschafft oder bezahlen ihren Kredit ab und es ist egal wo man hinsieht, es ist der deutsche Traum, der französische, der amerikanische. Selbst ein Häuschen haben und Kinder generieren. Wieso bloß wagt es niemand aus diesem ewig gleichen Zyklus auszusteigen? Oder wenigstens ein Versuch des Ausbruchs? Man muß es wohl machen, erst machen und dann negieren. Also erst probieren und dann entsagen. So sollte man mit allem verfahren. Außer das Göttliche selbst, wenn man es einmal gefunden hat, dem sollte man weder mit Furcht noch Entsagung begegnen, sondern es forcieren und wenn man gar ein Heiliger wird, dann hat man die Aufgabe

Gottes Welt unter die Leute zu bringen. Aber das ist eine andere Geschichte. Ich wollte nur klarmachen, daß man sich erst zu etwas ablehnehnend stellen kann, wenn man es wenigstens einmal gemacht hat. Und da einem hier im Westen immer wieder verklickert wird, daß man ja nur dieses eine Leben hat und sonst nichts, kommt man eben schnell in die Bedrouille, wenn man sich anders verhält als die meisten. Und jedes neue Kind dieser Häuslebauer will ja zumindestens das erreichen, was seine Eltern erreicht haben. Also baut es auch ein Häuschen und natürlich wieder Kinder. Mann oh Mann, was man nicht alles kann. Wäre es mal anders, dann würde auch der Staat sterben. Nicht umsonst wirbt Deutschland und andere europäische Staaten um die Gunst einiger erlaucht qualifizierter Ausländer. Alles nicht so einfach. Ich bin schließlich kein Staatenplaner a la Platon, wenngleich ich mich mit der Politeia schon auseiandergesetzt habe. Es ist verregnet heute und so treffe ich Bert mit seiner Mutter. Alte Bekanntschat aus der Grundschule. Lange nicht mehr gesehen. Ich habe gehört, daß Bert ein paar Wochen mit seiner Jugendliebe verheiratet war und dann ist sie mit dem besten Freund durchgebrannt. Ich sage ganz krass: „Hallo Bert! Weißt Du, dann war es eben nicht der beste, der sogenannte beste Freund!" – „Ja, ja", sagt er, „traurige Geschichte, aber bald gibt's was Neues. Bis dann."
--„Ja, alles Gute Dir, tschüss"—
Mein Hund zieht dermaßen an der Leine, daß irgendwas in der Luft liegen muß denke ich mir. Und tatsächlich treffen wir eine heiße Hündin. Früher mal hatte man schon Bekanntschaft geschlossen und jetzt war die Hundelady natürlich nicht zu haben. Schade. Dieses Hundeleben funktioniert doch seltsam einfach, denke ich mir. Natürlich mache ich mir Sorgen um mein Sexualleben, vor allem um die Liebe mit dem Sexualleben. Es muß ein Fluch über mir liegen, denn ich bin so ziemlich ein idealer Typ für diese Frauen. Aber irgendwie kommt immer was dazwischen, letztens noch auf Karneval, da wollte ich gerade so eine wunderhübsche Prinzessin ansprechen, da kommt da so ein

Tölpel, der ausgerechnet auch noch so ein Spuckprollo ist, und versaut mir die Tour. Wie gesagt, ich hasse diese Spuckprollos und das nicht erst seitdem mir dieser Fettsack zuvorgekommen ist. Alles eine traurige Angelegenheit mit diesen Damen der Schöpfung. Fast so traurig wie die Geschichte von Bert. Aber ich bin da wohl auch ein wenig verblendet, denn ich meine immer der Verliebtheitszustand müsse immerwährend sein. Und dann ist oft sehr schnell der Ofen aus oder anders ausgedrückt: Schluß mit der Frau. Auf diese Art und Weise habe ich schon fast ein dutzend Frauen verbraucht und jetzt bin ich bald dreißig und mal wieder solo. Auch nicht schlecht in Wirklichkeit, denke ich mir. Aber ich würde halt liebendgern nochmal ficken. Das klingt grob aber das ist die Wahrheit. Okay, sagen wir ficken mit Liebe und das kann man bekanntlich nicht kaufen. Okay, man kann auch hin und wieder mal in den Puff gehen, aber das ist alles nicht so der Knaller. Außerdem braucht man Sex in meinem Alter täglich. Und das schlimmste ist, in diesem sogenannten Etablishments für die Männerwelt, da trifft man doch, wie es das Schicksal will, nur diese Spuckprollos. Und wo man seine Feinde trifft, da soll man sich besser nicht aufhalten. Aber ich bin zuversichtlich, daß sich in Punkto Frauen was tun wird, gerade weil die Frauen, die echten Frauen es auch nicht haben können, wenn man andauernd rumspuckt. Das ist zumindestens meine Hoffnung.
Alles abwegige Überlegungen, kommt es mir in den Sinn und ich mache eine Kehrtwende im Spaziergang. Zurück in Richtung Siedlung. Zurück in Richtung Haus. Dann kommt mir der Rotz in die Nase und ich rotze auf die Straße. Da kommt gerade Frau Wels die Straße hoch und schüttelt den Kopf. „Aber die Herren haben anscheinend nie ein Taschentuch!“

Mach Dir einfach ein schönes Ende!

Immer diese grausamen Gedanken eines schrecklich schmerzhaften Todes muß ich mir in die Birne ziehen. Ich muß endlich aufhören mit diesem Gedankenprogramm. Denn schon Zarathustra hat das schlechte Denken verboten, oder als Sünde angemaßt.
Schrecklich schmerzhaft muß der Genickbruch sein, schrecklich schmerzhaft muß es sein vom 12 Stock eines Hochhauses runterzuspringen, unheimlich schmerzhaft muß es sein sich zu vergiften.
Wieso all diese dummen Spielchen ? Mach Dir einfach ein schönes Ende, ein schönes Ende deines subjektiven Traums! Mach Dir ein schönes Ende, einfach einschlafen und aus der Traum. Mit Schlaftabletten kriegt man das heute nicht mehr hin; also hol Dir mindestens
1,5 Gramm Heroin und spritz es Dir in die Venen. Welch schönes Ende Deines Traums. Heroin. Hero und das heißt heldenhaft, Ruin und das heißt Aufgabe. Eine heldenhafte Aufgabe; ja unser Leben ist eine heldenhafte Aufgabe. Machen wir daraus eine heldenhafte Aufgabe. Aufgeben, heldenhaft, ob das gut ist?
Nun gut, immerhin wird sich die Weltbevölkerung auch ohne unser Zutun bis zum Jahre 2020 auf an die 11-12 Milliarden Menschenexemplare wachsen und danach geht es in großen Schritten weiter mit der Massenkultur.
2050 wird es langsam eng auf dem blauen Planeten.

Wir sind dann, dank unserer „heldenhaften Aufgabe“ nicht mehr im Menschenkäfig.
Unser Leben ist nun mal eine heldenhafte Aufgabe...mach Dir ein schönes Ende...und als ich das meinem Freund erzähle, fragt er mich, ob das nicht einfach feige sei? Wieso feige? Feige? Feige! wahrscheinlich aus „F“ wie Furcht und „eige“, wie „Eigensinn“.
Mag ja sein, daß das eigensinnig ist und aus der Angst vorm Leben kommt. Aber Angst habe ich nicht. Ich weiß nur nicht, was das hier alles soll? Dann noch dieses dumme Qualification-Spiel, und dieses Spiel mit dem recht haben und Recht behalten.
Aber trotz aller meiner Begabungen bin ich nicht FAZ Redakteur, wie der ein Jahr jüngere Literatenexponent Benjamin von Stuckrad--Barre.
Vielleicht hat er Konextions gehabt, die ich nicht hatte. Vielleicht schreibt er über Dinge, die leichter objektivierbar sind, also eben der Allgemeinheit zugänglich sind, wie z.B. Gottschalk, Grönemeyer, Fußball WM und Marianne Rosenberg.
Benjamin hat eine sehr gute, ausgeprägte Beobachtungsgabe für das deutsche Geschehen.
Mein Leben verläuft nicht an diesem Geschehen, sondern jenseits dieses Geschehens. Ich habe aufgehört mich für das deutsche Geschehen zu interessieren. Wenn mir irgendwann eine Atombombe auf den Kopf fallen sollte, werde ich ohnehin früh genug merken, das es das eben jetzt für mich war. Nun gut, ganz und gar oder auch absolut kann ich mich diesem Geschehen nicht entziehen, weil ich dann aufhören würde ein Mensch zu sein. Und letzteres bin ich nun einmal.
Meine Geschichten sind subjektbezogen. Ein Verlag schrieb mir mal, daß meine Ideen gar nicht so schlecht seien, aber daß das, was ich mit meinen Worten darlegen würde, noch nicht ausgereift genug sei, eben noch nicht, wie ich es mal nennen will: Druckreif.
Mein Leben ist nicht von Erfolg umgeben, sondern von dem steten Versuch meine heldenhafte Aufgabe zu lösen.

Benjamin ist vielleicht schon Millionär, meine geistigen Ergüsse wollen aber noch nicht einmal von „Scheiß“--Verlagen gegen viel Geld gedruckt werden.
Nietzsche sagte, tiefe Menschen, wie er zum Beispiel würden niemals verstanden aber besser gehört und daher ihre Autorität; aber ich zweifle daran, ob ich solch ein tiefer Mensch bin.
Welch wunderbaren sonnenbeschienenen Weg geht da Benjamin?
Aufgeben ? Heldenhaft ? Ruin ?
Niemals. Ich mach mir kein schönes Ende. Es ist viel zu früh für ein schönes Ende...wo bin ich? Kann mir einer sagen, wo ich hier bin? Wir alle leben im Niemandsland, im Nichts. Die Erde kreist um die Sonne. Aber warum ? Mein Herz schlägt... aber warum? Ich mach mir kein schönes Ende und wenn ich eines raten kann, dann nur folgendes: Schicke keinen hier ins Rennen, solange Du nicht Hero-in your life geworden bist...

Der Tod begegnete ihm im Alltag...

Er wollte zur Uni gehen. Er hatte es eilig. Es war heiß. Es war schon spät. Seine Vorlesung würde in zehn Minuten beginnen.
Viele Menschen mit ihm unterwegs. Allesamt auf der Suche. Der Suche nach dem Glück. Nach der Erlösung. Was ist die Erlösung? Der Tod....vielleicht ? Plötzlich sah er eine Taube auf dem Boden. Sie kämpfte mit ihren schweren Verletzungen. Wahrscheinlich war sie von einem Fahrrad angefahren worden. Keiner hatte sie beachtet. Jetzt standen vier Menschen um sie herum und begafften ihren Todeskampf. Keiner traute sich der Taube ein schnelles Ende zu machen. Die Taube zappelte, ruckelte und kämpfte.
Er nahm allen seinen Willen zusammen und überwand seinen Ekel und erwies der Taube einen letzten Dienst und damit das Ende ihres Kampfes und Dasein. Er trat zu.
Er hob die tote Taube auf und trug sie zu einem Baum und bedeckte sie mit Gras. Als er zurück zum Unfallort kam, waren die drei anderen Menschen wieder weg.
Keiner von den dreien anderen Gaffern hätte solch eine Erlösungstat gewagt. Und dann hatte er sie auch noch begraben, ihr einen würdigen Platz zum Verrotten geschenkt. Hoffentlich würde ihm ein gleicher Freundschaftsdienst erstattet, wenn er einst mal arm und unwürdig sterben müßte. Das Universum, dessen Gesetz 1:1 lautete würde diese seine Tat irgendwann, irgendwie belohnen und begleichen. Natürlich würde er weder von einer Taube noch von

mehreren begraben werden. Aber sei es, er käme irgendwann durch einen Unfall ums Leben und irgendein Mensch sollte ihn dann aus letzten Qualen erlösen und ihn zumindest an ein ruhiges Plätzchen dieser Erde tragen an welchem er dann in aller Ruhe in den ewigen Kreislauf der Materie zurückkehren dürfte, dann werde sich diese, seine heutige Tat als unbedingt ertragreich und ihm als nützlich erweisen. Damit hatte er sich gewissermaßen schon jetzt, durch diese seine Überwindungstat, an diesem heutigen, ansonsten ganz alltäglichen Tag, eine würdige und menschliche Ruhestätte, einen würdigen Tod reserviert.
Alles beim alten. Das Leben ignoriert den Tod. Das Leben geht weiter.
Sterbe auch immer, wer noch so Bedeutsames, wie, wann, wo.
Egal. Es geht weiter.
Er ging zur Uni.

Dem Nichts war langweilig geworden...

Heraus spaziert kamen die Menschen aus den Einkaufshallen. Dem Karstadt, dem Kaufhof und bald sollte die Welt untergehen, am 11. August, nach Nostradamus. Jetzt hieß es für alle noch einmal im Luxus schwelgen und genießen, was der schöne Westen in der ersten Welt zu bieten hatte.
Ich fragte mich nur, wie denn der Weltuntergang aussehen mochte? Jetzt war Ende Juli, also knapp zwei Wochen bis zum großen Crash. Alles Schwachsinn kam es mir in den Sinn. Die Welt wird so schnell kein Ende finden.
Und wenn schon, dann konnte man froh sein, daß es nun endlich vorbei war mit dem Leben. Eine einzige Qual war das doch alles. Nun gut, wir, die jungen Zwanziger würden um die Früchte unserer Arbeit gebracht werden. Wir sollten nicht mehr in den Genuß eines geregelten Lebens kommen dürfen. Aber mir war es egal, ich freute mich auf das Ende. Gott mußte mich trotz aller meiner Gebete vergessen haben, denn schon lange spürte ich nicht mehr seine sichere Führung. Auch mein Schutzengel war nicht mehr da. Alle Engelwesen hatten sich jetzt schon verpißt, weil sie das Ende der Welt spürten, das Herannahen der bösen luziferischen Mächte.
Mir sollte es recht sein. Ich hatte mir nichts Sündhaftes vorzuwerfen, aber ob ich deshalb gleich zu den 144 000 Menschen die gerettet werden würden gehören sollte?

Jahrelang keine Freundin, jahrelang erfolglos gekämpft, jahrelang immer wieder zurückgewiesen worden, jahrelang von Gott auf eine Bewährungsprobe gestellt. Ja, dem Nichts war langweilig geworden, vor 20 oder was weiß ich wie viel Milliarden Jahren, und da schuf es das Universum und Lebewesen, die es bevölkerten. Jetzt war endlich wieder eine Aufgabe da für das Nichts. Es war spannend, nur dauerte mir das alles zu lang. Ich hatte mich als Sänger versucht, ich hatte mich als Schriftsteller versucht, ich hatte mich als Musikproduzent, als Drehbuchautor versucht und war überall gescheitert. Gott mußte mich vergessen haben. Und da war mir das Ende nur allzu recht. Sollte doch alles vorbei sein. Ein für alle mal. Reinkarnation in einer anderen Galaxie; bessere Bedingungen, größere Chancen. Aber mir graute es vor erneuter neurotischer Kindheit mit Schule und Streß, war man doch froh, daß man das alles hinter sich gelassen hatte. Aber es würde immer leichter gehen, je mehr Reinkarnationsphasen man hinter sich hatte.
Ich war so gut in Gedanken versunken, als ich aus dem Karstadt herauskam und da traf ich Uli. „Mensch!", sagte der „ haste denn noch gar nichts von der Sonnenfinsternis in Stuttgart am 10. August gehört? Ich fahre natürlich hin. Das muß ich sehen, willste nicht auch mitkommen?"-- „ Nein!",erwiderte ich schorf „ich bereite mich auf das Ende der Welt vor, am 11. August. Da bleib ich lieber zu Hause!"-- „Ist doch alles Quatsch, wirste sehen und du verpaßt mega was ...
„Ist mir doch egal, immer diese Leier mit dem Verpassen, ist mir total egal! Ciauo!"-- „ Tschö"-- „Dann eben Tschö!"
Ich hoffte, daß er noch ein blaues Wunder erleben würde, dieser Uli, denn die Finsternis wird das Ende einleiten!, dachte ich. Na ja, vielleicht würde doch alles beim Alten bleiben. Alles beim Alten.
Aber die Welt war nicht untergegangen am 11. August. Ich war doch noch weggefahren, nach Frankreich, in ein kleines Dorf, bei Thionville! Und der Zufall hatte es gewollt, daß gerade ich an diesem regnerischen Tag die Sonnenfinsternis

in vollem Ausmaß zu Gesicht bekommen sollte, denn die Wolkendecke riß genau in dem Moment der totalen Finsternis für einen kurzen Moment auf; dann herrschte Totenstille, ja wirklich gespenstische Totenstille! Und die Menschen begannen zu wimmern und zu weinen...man wartete auf ich weiß nicht was, aber es war ein unfaßbares kosmisches Erlebnis. Alle Menschen brachen in Tränen aus. Ein einziges riesiges Tränenmeer entstand. Ein phantastisches, galaktisches, ja kosmisches Erlebnis, fand ich im nachhinein. Und Uli hatte in Stuttgart nur einen heftigen Regen abbekommen...und ich dagegen hatte Glück gehabt.
Glück ?
Oder endlich wieder einmal die Führung einer göttlichen Macht ?
Die Welt würde so lange bestehen, wie es Menschen gab. Und eigentlich bestand sie nur, weil es Menschen gab. Denn wenn das Subjekt nicht vorhanden war, dann war eigentlich auch das Seiende, das Objekt, nicht mehr zu definieren.
Aber er fand, daß das alles Gelabere sein mußte, mit der Reinkarnation und so weiter...
Wenn man nachts schlief, dann war das doch quasi eine Unterbrechung des Bewußtseins, und wenn der Tod so ähnlich sein würde, dann war er wahrhaftig nichts schlimmes...diese Unterbrechung des Bewußtseins war ein nicht Definierbares...ein Nichts...und aus Nichts konnte nur Nichts folgen...deshalb konnte auch am Anfang von allem nicht ein Nichts gestanden haben, es mußte eine Energie vorhanden gewesen sein, ein „Nichts-Etwas", und diesem „Nichts-Etwas" mußte es langweilig geworden sein und deshalb entschied es sich das Universum zu schaffen... ja aus Langeweile wurde Manifestation...doch Manifestation aus Manu, Hand, und fest, sein, also „Handsein" wurde das Nichts-Etwas...angenommen die Substanz des Universums bleibt immer dieselbe, dann war aus dem Nichts-Etwas doch so einiges entstanden aber deshalb wußte man doch nicht, wie es nun ausgehen würde...die indische Weisheitstradition war der Meinung, daß das menschliche Potential unbegrenzt

sei...nun gut...aber unbegrenztes Potential konnte nicht aus dem Nichts gekommen sein, denn aus Nichts folgte bekanntlich nur Nichts. Und wenn wir menschliche Existenzen oder Wesen etwas waren, was mehr war als Nichts, dann war unsere Existenz auch nach unserem Tod nicht vorbei, weil wir mehr waren als Nichts und was mehr als Nichts ist bleibt auch ein für alle mal vorhanden, existent, denn es ist ja etwas, deshalb kann es nicht vorbei sein, oder zu Ende sein.
Ich entschied mich nach meinem Versuch die Welt zu ergründen, daß das Ende der Welt eine letzte Blickkammeraeinstellung meines Lebens sein sollte; ich entschied mich dazu, über alles drüber zu pissen, was seit dem Anbeginn der Welt dagewesen war...
Und es hatte mir gut getan. Einfach gut. Die Frage, die ich mir stellte, war, was zuerst dagewesen war...das Bewußtsein, also das höchste Wesen oder die Welt...und ich kam zu keinem Schluß...mein Vater war Müller gewesen und im dritten Reich aufgewachsen...gut, dachte ich: Müller. Ich dachte, Jesus Vater war Zimmermann gewesen, mein Vater war Müller gewesen und ich war dann also dann was gewesen...? Ich ging auf einen Tripp; ich hörte gar nichts mehr... ich sah alles noch, doch ich hörte nichts mehr...nichts ? Irgendwann hörte ich wieder was. Das Gerede eines Herrn Müller, eines Krankenpflegers in der psychiatrischen Klinik...und plötzlich wußte ich, daß ich im Himmel war, wohlgemerkt im psychiatrischen Himmel...und wenn das alles real sein sollte, dann mußte ich auch jetzt hier alle erreichen können, die auch im Himmel waren... ich war im Himmel, zuletzt hatte doch das Gute gesiegt... wir alle würden in den Himmel kommen...und dann lief da ein Film, Schindlers Liste... und da war ich wieder beim Thema, mein Vater, drittes Reich, Jugend, Juden und dann meine Wenigkeit...ich sah den Film, wie jemand der im Himmel ist, ich war im Himmel, ich weiß wie es dort ist, ein wohliges angenehmes Gefühl...und Ammon Göth sagte am Ende des Filmes, bevor er erhängt wurde: Heil Hitler!

Ich war zu Tränen gerührt von den Schindler Juden. Doch dann war der Film vorbei und ich war nicht mehr im Paradies, im Himmel. Ich sollte dann Tabletten schlucken und im Flur schlafen...nein ...Nichts war geschehen...aus Nichts folgt nichts...ich war ein Gefangener und ich wollte hier raus...also türmte ich und ließ mich runterfallen, also wurde ich wie Christus in die rechte Seite gestochen... war ich Christus? Dann kam der Richter. Er sagte: Und das Leben ist noch lang. Dann hörte ich die Schlüssel rasseln: Klimmper, Klimmper Tür auf, Klimmper Klimmper, Tür zu. Dann, als das alles doch irgendwann ein Ende hatte, fragte ich mich, welche Lehre ich daraus ziehen sollte? Dann lernte ich die Frau meiner Träume kennen. Eine Jüdin. Dann arbeitete ich bei Daimler–Chrysler. Welch Aufstieg vom Entmündigten zum „Verantwortungsschlüsselträger“ bei einem der höchst angesehendsten Konzerne dieser Erde.
Nun...aus Nichts folgt Nichts... ich war aber Etwas, das Universum war auch Etwas und Etwas, was ist, muß zuerst gedacht sein, bevor es werden kann... und deshalb ist alles was ist, von Anbeginn gedacht, als Möglichkeit vorhanden, das höchste Wesen kennt alle Ideen und Plato wußte schon, daß erst die Idee da sein muß, und daß dann die Sache ihre Erscheinung annehmen kann...
Nichts, dem langweilig war und das doch mehr gewesen sein muß als nichts und wenn auch nur zu einem milliardsten Teil, hatte eine Idee, hatte alle Ideen, die man sich vorstellen kann und siehe da...es gebiert.

Jeder für sich ... ein Ganzes...

Er war depressiv. So sehr, daß er sich in letzter Zeit öfter fragte, ob er sich nicht umbringen sollte: Aufhängen, Vergiften, Springen. Aber das war ihm doch kein probates Mittel. Man mußte sich den Aufgaben des Lebens stellen.
Er fuhr deshalb an jenem Abend auf den Straßenstrich und ließ sich von einer hübschen jungen Stricherin auf einem Parkplatz einen blasen.
Und siehe, danach war es ihm deutlich besser gegangen. Es tat einfach noch einmal gut von der Ying-Energie umhüllt zu werden. Sie hatte seine suizidalen Gedanken weggebrannt.
Er fragte sich darauf, ob es nicht an der Zeit wäre etwas Besseres aus seinem Leben zu machen. Aber was ? Vielleicht sollte er Priester werden, aber dazu war sein Sexualtrieb zu sehr ausgeprägt. Er hatte einfach keine Lust mehr am Studium, am Leben. Morgenabend würde er auf eine Single Party gehen. Vielleicht würde er da ja die Frau seiner Träume aufstöbern. Aber das war unwahrscheinlich.
Eine dreizehnjährige hatte sich ihm neulich anvertraut. Sie sei in ihn verliebt. Aber er wollte sich nicht strafbar machen. Sie war hübsch, aber wieso sollte sie nicht von einem Gleichaltrigen defloriert werden? „Morgenabend die Single Party!“, ging es ihm durch den Kopf. Manchmal wünschte er sich schon alt zu sein, alles hinter sich zu haben. Frau, Kind und Leben. Wir waren zum Leben verurteilt. Verdammt.

Natürlich konnte man froh sein, daß man nicht behindert auf diese Welt gekommen war. Natürlich konnte man froh sein, daß man nicht den schlechtesten Part erwischt hatte. Morgenabend die Single Party. Ja. Hoffentlich würde sich eine Hübsche nicht allzu Ablehnende bereit erklären mit ihm ins Bett zu gehen. Vielleicht würde ihn das wieder auf andere Gedanken bringen.
Er dachte dann an all die schönen Dinge des Lebens, für die es wert war zu leben.
Freunde, die man nicht enttäuschen durfte.
Vor einem Jahr noch hatte er geglaubt, daß er in zwei Jahren mit dem Studium fertig sein würde. Aber das schien ihm inzwischen nicht mehr so. Er konnte es schaffen. Wieso nicht?
Wieder einmal dachte er, daß man zum Leben verurteilt war. Ein Huhn war genauso zum Leben verurteilt und landete eines Tages in der Bratpfanne, wie der Mensch. Der Mensch landete eines Tages im Sarg. Wo war da der Unterschied?
Das Huhn hatte ein viel schöneres Leben als der Mensch. Viel kürzer, viel sinnvoller und ausgereifter. Der Mensch war ein Fehler im System Gottes. Er konnte denken und sich Fragen stellen, wieso und warum.
Aber darin lag der enorme Vorteil des Menschen. Er war Gott quasi gleich.
In jedem Menschen ruhte ein Gott in Samenform und er hatte nur einen Wunsch: Er wollte zum prächtigen Baum heranwachsen, er wollte geboren werden.
Der Mensch war die einzig denkende Materie weit und breit. Intelligenz gab es wohl auch, aber sie war nicht so dominant wie die des Menschen. Obwohl, wenn man es sich genau überlegte, dann war doch die gesamte Natur durchdrungen von einer Intelligenz. Aber wie man es auch drehte und wendete, es war egal, wenn man an ein Leben nach dem Tode glaubte, oder an so etwas wie Reinkarnation, dann war das beides schrecklich, genauso wie der Gedanke, daß der Tod der Endpunkt des Lebens war. Ewiges Leben ? Tod der Endgültigkeit ? Beide Variationen waren unendlich grausam.

Grausam ? Der Tod, der alles zudeckte, oder die Spielart immer neuer Inkarnationen ? Beides war schrecklich.
Interessant war Rudolf Steiner, und das Wissen das er hatte schien unergründlich, logisch und durchdacht, obgleich man sich manchmal fragte, wo der Mann alles abgeschrieben haben mochte.
Schopenhauer, die andere pessimistische Geisteshaltung war genauso logisch, doch ebenso unliebenswürdig. Wie man es auch dachte, beides war, unausdrückbar in Worten zu sagen, aporetisch , ausweglos...
Dieser Planet, diese Welt, dieses Universum war die Gleichzeitigkeit des Ungleichzeitigen und das hieß permanenter Anachronismus, wenn man es nach Schopenhauer betrachtete... oder aber nach Steiner, oder C.G. Jung stete Synchronizität...
Er glaubte, daß er sich jetzt eine Zigarette verdient habe und schloß für heute seine müßigen Gedanken...
Aber seine Mutter spielte oben im Wohnzimmer fröhliche Kirchenlieder. Er dachte, daß er das alles schon einmal erlebt haben mußte. Und jetzt war er bald 25 Jahre alt und lebte immer noch zu Hause. Er hatte das ewig konditionierende Gelabere seiner Eltern endgültig satt. Und wenn man es sich genau überlegte, dann war jeder Mensch zur Hälfte seine Mutter und zur anderen Hälfte sein Vater... und selbst bei den großen historischen Weltpersönlichkeiten mußte es so gewesen sein...und das bedeutete Determination... so bewundernswerte Persönlichkeiten wie Mahatma Ghandi oder Albert Einstein waren genauso in dem Gefüge ihrer Vorfahren und Eltern begrenzt, wie jeder andere Mensch auch. Gab es einen Fluchtweg, einen Ausweg, eine Veränderungsmöglichkeit, ein Wachsen über sein eigenes Ich, zur Hälfte Sperma zur Hälfte Zygote hinaus? Und was war aus den ganzen anderen Spermien geworden, die nicht so schnell waren wie der Hauptsieger des Millionenspiels? Jede menschliche Existenz war demnach eine Art Sechser im Lotto. Deshalb wollte er auch weiterhin Lotto spielen. Er

wollte im Lotto gewinnen, um sich endlich alle seine Träume erfüllen zu können, aber wer wollte das nicht?
Jeder wollte an die Macht. Denn wozu sonst, sollte man leben und sterben. Leben war nach dem im umgekehrten Platonismus denkenden Nietzsche, der Wille zur Macht. „Armer Friedrich!", dachte er sich. Auch er, der gedacht hatte, daß womöglich Caesar oder Dionysos sein Vater hätte sein können, war doch nur der „Friedrich Nietzsche", der Sohn eines Pfarrers.
Er hatte über sich selbst hinaus wachsen wollen.
Doch die Frage war nicht die, mehr zu sein als man war, sondern das zu sein, was man war, in einer gewissen Kontinuität. Er bewunderte Nietzsche, doch „das tiefste Buch der Menschheit überhaupt"—„Zarathustra", war weder zu einem religiösen Menschentum erwacht noch hatte es den Glauben an Gott für immer von den Menschen hinwegzaubern können. Es gab immer einen Ausweg. Das mußte Nietzsche vergessen haben. Veränderungsbereitwilligkeit, die er immer gehabt hatte, versandete zum Schluß in dem Glauben, daß er ein Schicksal sei, und daß er doch recht gehabt hatte...
Jetzt hundert Jahre nach seinem Tod war die Welt genauso transparent und real, wie seit eh und jeh...die Uhr tickte weiter...
Jeder wollte gerne mehr als das determinierte Produkt seiner Erzeuger sein... aber selten konnte man das erreichen...
Doch seine suizidalen Gedanken, die er immer und immer wieder dachte, begannen mehr und mehr sein Gehirn zu druchlöchern.
Und was man immer und immer wieder dachte, mußte man irgendwann in die Realität umsetzen.
Deshalb nahm er sich irgendwann einen Strick, ging in den Wald und hängte die Schlinge um einen Ast und seinen Kopf und sprang in die Tiefe.
Dann, als er auf dem Boden lag, fragte er sich, ob er jetzt tot sei. Doch er war nicht tot, sondern der Strick hatte seinem Gewicht nicht standgehalten.

Dann, ein paar Tage später starb seine Tante; an Herzinfarkt. Der Briefträger hatte sie tot vor der Haustüre gefunden.
Begräbnis, ein paar Tage später. Als ihr Sarg in die Erde gelassen wurde mußte er weinen. Wenn das mal das Ende unser Aller sein würde. Er konnte sich unmöglich vorstellen noch dreißig oder mehr Jahre zu leben.
Man hatte es nie geschafft. Keiner und Keines hatte es je geschafft. Ständig mußte der Karren erneut aus dem Dreck gezogen werden. Seine Tante war 44 Jahre als Sekretärin tätig gewesen, beim Ministerium der Verteidigung. Ganze 9 Tage im Ruhestand und aus der Traum. Aus? Sie würde nie wieder sprechen. Ihre Anwesenheit auf dem Planet Erde vom 15. August 1936 bis zum 09.09. 1999 würde ein für alle mal ein Faktum des Raum Zeit Kontinuums bleiben.
Sie würde aber ein ganz typisch Einzigartiges bleiben. Jeder Mensch, der in diese Welt kam blieb ein für allemal, ob Mongoloid oder Star eine nicht wiederholbare Einzigartigkeit.
Als er vor drei Jahren vom 2. Stock des Hauses in suizidaler Absicht heruntergesprungen war und erst 10 Tage später auf einer Intensivstation das Bewußtsein wiedererlangt hatte, war er in einer anderen Welt gewesen.
Man konnte es wie folgt beschreiben: Er hatte den Planeten Erde oder andere Planeten in anderen Sonnensystemen gesehen. Jeder Planet war in einer bestimmten Bewußtseinstufe gewesen. Ein Planet war z.B. gerade im Dinosaurierzeitalter, ein anderer im Ritterzeitalter, ein Dritter im Kommunikationszeitalter... er hatte viele Planeten gesehen in verschiedenen Stadien... diese Erde, und er war sich sicher seit diesem Koma Erlebnis, war im All kein Einzelfall.
Seine Tante war jetzt tot. Aber hatte sie es damit geschafft?
Geschafft hatte es man wohl niemals.
Er war nun nicht mehr suizidal. Und dennoch: ein gewisser Grad an Suizidalität blieb latent vorhanden.
Jeder war ein eigenes Universum und da die Destination des Universums ungewiß war, war auch die eigene Destination ungewiß.

Armes Tantchen! Da lag sie nun im Loch. Im bezahlten Loch. Bis 2029 bezahlt.
Keiner konnte keinem helfen oder besser: Keiner konnte einem helfen. Jeder mußte sich selber helfen.
Er aber nahm sich vor am darauffolgenden Tag eine Lebensversicherung abzuschließen... konnte man sein Leben denn versichern?
Konnte man ein Universum, dessen Destination ungewiß war, versichern? Das Universum selbst wußte nicht die Antwort auf die Frage: Wie geht es aus? Wer hat das höchste Wesen geschaffen?
Keiner wußte die Antwort...
Wer stetig strebt und sich bemüht, den werden wir belohnen! hieß es in Goethes „Faust".
Tja ... dann strebe schön... jeder für sich ... ein Ganzes...auf dem Weg des Wisdom of Uncertainty...des ungewissen Schicksals...

Der siebte Tag...

Der Bahnhof rauscht. Die Stadt lebt. Züge fahren ein und aus. Bremsgequietsche. Lautsprecher tönen. Colormotion Digital Information.
Eine Taube zu meinen Füßen.
29. Juni 1994.
Heiß. Sehr heiß.
Die Menschen schlafen.
Gucken mit suchenden Gesichtern der Angst.
Ob die Taube das weiß? Die Taube weiß es.
Sie fliegt auf und landet auf meinem Koffer. Will sie etwas zu picken?
Sie will etwas zu picken. Ich gebe ihr eine Ecke meines Butterkekses. Die Taube hat keine Furcht vor mir. Sie weicht nicht den Bewegungen meiner Arme. Tauben weichen normalerweise jeder menschlicher Bewegung aus.
Normalerweise.
Ich bin aber heute nicht n o r m a l.
Ich habe heute einen gigantisch großen Emotionalkörper.
Meine Seele hat heute einen riesigen Radius!
Und die Taube weiß auch das. Sie spürt es. Den Frieden.
Denn ich bin heute p u r e r F r i e d e n!
Ich habe heute eine überdimensionale Wahrnehmungskraft für die Wirklichkeit!
Ich höre und sehe und rieche alles in doppelter Intensität, mehr noch:
mit ungeheurer Intensität !

Ich zweifle an der Wirklichkeit. Gibt es ein Jetzt?
Was ist jetzt?
Was war jetzt? Jetzt ist Jetzt und Jetzt war Jetzt und Jetzt ist wieder ein neues J e t z t!
Das Jetzt von eben ist nun vergangen...folglich gibt es kein Jetzt; nur Gewesenes und Zukünftiges.
Meine Sonnenbrille liegt auf der Treppe. Sie ist heruntergefallen. Ob ich sie aufheben muß?
Wenn i c h sie nicht aufhebe, dann wird sie liegenbleiben und dann habe ich keine Sonnenbrille mehr...oder?
Ein lachendes Paar kommt die Treppe hinauf mitsamt Hund. Sie reichen mir die Brille...so war an diesem heutigen Tage gar keine eigene Anstrengung notwendig, zum Wiedererlangen meines Verlustes!
Der Hund war an der Taube interessiert gewesen, war Richtung meines Koffers gelaufen und so hatte das Paar die Brille auf der Treppe liegen sehen.
Manchmal kriegt man eben doch die Hand gereicht.
Die Hand der höheren Wirklichkeiten.
Ein E n g e l, eine Wesenheit der höheren Wirklichkeiten machte Verluste ungeschehen. Ich spüre regelrecht meine Unmittelbarkeit, meine geradezu greifbare Nähe zu den Mächten und Wesenheiten der immateriellen Sphären.
Der Verlust ist Vergangenheit. Das Haben der Brille ist jetzt Gegenwart. Und jetzt ziehe ich die Brille an und sehe alles in braun-gelber Farbe.
Die Welt ist jetzt braun-gelb! Die Wirklichkeit ist für m i c h einen Moment braun-gelb.
Dann sehe ich wieder mit normaler Linse.
Was ist n o r m a l?
Gibt es „normal“? Oder gibt es nur jeden für sich als autonomes „Normal“?
Ist jeder für sich nur sein Subjekt, seine e i g e n e W e l t, sein eigenes Universum?
Ich spüre das Jetzt. Ich spüre mein Herz schlagen und mein Universum ist jetzt an seine ä u ß e r s t e G r e n z e gelangt!

Es gibt eben doch ein Äußerstes, ein Ende. Das Werk ist vollbracht!
H e u t e i s t m e i n s i e b t e r T a g !
Welch Augenblick ! Welch Pracht von Hamburger Bahnhof !
Du spürst das Leben! Und es wird jetzt geschrieben! Jetzt !
Ja, wahrlich ! Es wird jetzt geschrieben!
Wir schreiben es. Wir determinieren es für alle Zeit!
Wir sind zu einem bestimmten Zeitpunkt Passagiere des Planeten Erde. Das ist unsere Heimat. Wir sind zwingend
u n s t e r b l i c h in d i e s e r Zeit!
Wir sind jetzt h i e r a n w e s e n d für i m m e r, ein für alle Mal...in alle Ewigkeit !
Denn wir alle, die gesamte Menschheit i s t j e t z t d a b e i !
Ich könnte die gesamte Welt umarmen! Meine Erde! Und gleich dazu alle Menschen. Heute kann ich das. Heute bin ich dazu fähig. Denn heute besitzt meine Seele Höhe und Größe! Sie umspannt mit Lebendigkeit und Freude den gesamten Planeten! Alles ist Mein und nichts ist Mein! Ich fühle eine aller gewaltigste Kraft in mir und außer mir. Ich fühle die Lebendigkeit des gesamten Kosmos! Ich bin
E i n s mit diesem Organismus. Ich spüre die Macht! Ich kann Alles denken. Ich versuche in einem
e i n z i g e n M o m e n t alle Gedanken zu denken, die jemals von dem Menschengeschlecht hervorgebracht
wurden!
Heute kann ich das.
Heute kann ich Alles! Denn i c h b i n H e u t e A l l e s !
Eine megantische Höhe der Seele habe ich heute erreicht.
Eine Art finalen Punkt, ein volles Ende in meinem Leben !
Vollendung !
Frieden!
Ruhe!
Ich ruhe...denn am siebten Tage sollst Du ruhen und heute ist
m e i n s i e b t e r T a g !
Das ist wahrhaftig schön. Mehr als nur schön.
Anmut !
A n m u t !

Und es i s t immer noch g u t...

Lauras Suche...

Sie war in der Welt. Sie fühlte sich eigentlich ganz zufrieden. Ganz wohl. Es war ein wunderschöner sonniger Tag. Aber kein Vögelchen war am Himmel. Und dennoch war es nicht Winter, denn die Bäume waren grün. Und trotzdem: nichts Richtig – sich –Bewegendes war auszumachen. Keine einzige lebende Kreatur. Pflanzen ja, aber diese Lebewesen bewegen sich ja bekanntlich nicht gerade schnell, sichtbar oder hüpfend und springend.
Dann wurde Laura plötzlich traurig, denn sie fragte sich, wo sie eigentlich sei, wo sie war?
Sie wußte in der Tat nicht wo sie war. Sie wußte weder wie dieser Ort hieß, noch konnte sie sagen, wo dieser Ort sich befand. Da dachte sich einfach: „Mensch Laura, nur Mut, Du wirst schon jemand treffen, den Du fragen kannst. Geh ins nächste Dorf oder in die nächste Stadt und dort fragst Du, wenn nötig bei der Polizei.“
Sie wollte in ihren Heimatort zurück. Zurück in ihr Heimatdorf. Zurück zu ihrem Haus, das sie Haus Laura getauft hatte. Eine große, schöne, noble, verschwenderische und damit gleichwohl teure Villa, die mehr als eine Million Mark wert war. Laura ging also endlich fest entschlossen und voller Hoffnung los, die nächste Stadt zu finden; also stieg sie den Hügel hinab, an dem Bergbach entlang und sah in der Ferne eine mächtige Stadt, die so imposant hohe Wolkenkratzer hatte, das man sie höchstens mit New York hätte vergleichen können und dennoch war es eine ganz andere Stadt.

Sie wart voller Hoffnung den Namen dieses ihr fremd erscheinenden Ortes herausfinden zu können und dann irgendwie wieder einen Weg nach Hause, zu ihrem Haus Laura zu finden.
Es war warm an diesem heutigen Tag; die Umgebung war hügelig und der Marsch durch diese Welt kam ihr sehr einfach vor. Ob Sie sich in Amerika befand? Aber wie sollte Sie so schnell über den großen Teich hinüber gekommen sein? Gestern war sie doch noch bei ihrer Freundin Nina gewesen. Sie wollte nach Haus.
Und nach zwei Stunden mühseliger Reise gelangte sie am ersten Haus in einem Vorort dieser gigantomesken Stadt an und sie passierte das Stadtschild. Aber das komische war: Auf dem Schild stand kein Name. Da stand rein gar nichts. Nichts. Nichts als gar nichts. Noch nicht einmal ein Ausrufe oder Fragezeichen...Nichts. War Sie im Niemandsland, im Nichts...? War sie in dem Land das Michael Ende als das Nichts beschrieben hatte, angelangt? Aber das konnte doch einfach nicht sein...denn man sah hier Häuser, Ampeln, Hochhäuser, Autos, Avendidas, Ruen und Avenuen; aber es bewegte sich nichts; kein Lebewesen saß in den Autos drin. Alles war total verlassen worden. Was war hier passiert...? Waren die Menschen und Kreaturen, die hier gelebt hatten alle von einem Supervirus aufgefressen und getilgt worden. War keiner dem Gericht entkommen als ihre Wenigkeit ? Sie setzte sich in einen noblen Wagen, der aussah wie ein Rolls Royce. Ein schwarzer wunderschöner Wagen. Auf dem Lenkrad stand: Mobilum Dei... Auto Gottes ? Gottes ? War sie etwa im Paradies, ohne es gemerkt zu haben? Sie fuhr. Vorbei an den Prachtalleen, an den Museen und Palästen, gar vorbei an den hängenden Gärten und schließlich kam sie in Downtown an, in der Schaltzentrale der Stadt. Und hier stand ein Gebäude, das so aussah wie das Empire State Builing, nur war es noch um ein vielfaches größer, imposanter und wuchtiger. Sie hatte plötzlich Wut. Sie hatte eine unsagbare Wut auf diesen ganzen Film. „Ich kann auch anders!“, dachte sie und steuerte mit ihrem Auto direkt auf

den riesig verglasten Eingang des Wolkenkratzers zu und dann gab es ein riesen Krach, ein lautes Zerbersten und ein starkes Geklirre. Der Motor war ausgegangen. „So!“, schrie sie, „Du riesiges Arschloch, ja, Du bist gemeint, Du riesiges Arschloch, das sich diesen Aprilscherz, der für mich ein Alptraum ohne Ende ist, für mich ausgedacht hat! Du minderbemitteltes Arschloch. Ich hasse Dich, ja ich verachte Dich, Du bist ja nicht mehr wert als ein Fetzen voll mit Scheiße beträufelten und mit Sperma und Lubrikationsaft durchtränkten und mit Rotz und Blut besifften Stück Klopapier. Und das wäre noch zu viel der Ehre. Du Kreator ex Absurditas ! Du riesiger Kindskopf. Du Spielkind !“ Und dann hatte sie sich so verausgabt, das Sie auf die Knie fiel und am liebsten sterben wollte, ja sterben. Nur weg hier, aus der Traum, für immer, für immer raus und aus. Aber wie sollte sie sich umbringen? Wie sollte Sie sich selbsttöten, wie sollte sie schlußmachen? Wo doch der Herr, der sich dieses grausame Spiel ausgedacht hatte, bestimmt seinen Spaß an ihrem Leiden hatte. Wer war diese widerliche Person? Sicher war es der Teufel. Und dann fiel ihr Blick zum Glück endlich auf etwas Geschriebenes, auf eine goldblaue riesige Tafel, die in der Eingangshalle über allem drüber stand: Und da stand in großen Lettern: ES WAR GOTT; DEIN SCHÖPFER UND VATER IM HIMMEL...!
„Ach, Du Scheiße, ach Du Scheiße...!“, schluchzte Laura verzweifelt und getroffen. „Das tut mir aber leid, mein Vater, ich nehme alles zurück; Du bist wertvoller als ein Stück Klopapier, aber was soll ich hier, wie heißt der Ort, wie komm‘ ich von hier fort ? Ich will nicht mehr, es ist zu lang, verdammt noch mal verdammt, wie heißt dies fremde Land, wie komm ich denn hier raus, wie komm ich endlich wieder zu diesem meinem Heimatort und Heimathaus...? Und dann weinte Sie in Strömen, sie weinte bitterlich und hemmungslos und dann betete Sie den Rosenkranz und das Vater unser.
Jetzt war sie sich sicher: Sie war nicht auf der Erde. Sie war entweder im Garten Eden oder auf einem fernen Planeten.

Sie ging zu dem Empfang des Empire Buildings. Und da lag hinter dem Tresen ein Mensch.
„Endlich ein Mensch", dachte Laura erleichtert. Doch dann sah sie, daß es eine Leiche war. Kopfschuß. Pistole daneben.Trotzdem, welch Glück, eine Pistole! Jetzt gab es wieder einen Ausweg... sie konnte sich wie dieser Mann selbst ein Ende machen. Direkt setzte sie sich die Pistole an den Kopf und drückte ab. Ein riesig lauter Knall. Aber sie war nicht tot. Nichts war passiert. Sie schoß noch mal und noch mal. Scheiße: Platzpatronen. Vielleicht war sie schon tot, dann aber mußte der Tod ein einziger großer Alptraum sein!
„Mensch, Du Intelligenzbestie !", schrie sie aus vollem Halse, „wieso konntest Du mir nicht eine echte verwahren ...?...und wer bist Du überhaupt...und sie drehte den zum Boden liegenden Kopf auf die Seite...es war Lady Diana. Ach du Scheiße, auch die noch, Lady Di... ihre letzten Worte waren gewesen: „Leave me alone !" Ja, laßt mich alleine, laßt mich in Ruhe. Ruhe ? Allein ? Das war ja schlimmer als der schlimmste Horrorwunsch aller Zeiten! Laßt mich allein...! Sie, Laura K. war hier und jetzt ganz und gar der einzig lebende Mesnch, ja das einzige lebende Lebewesen, die einzig lebende Kreatur auf diesem Planeten! Sie lebte und Diana, dessen tiefster Wunsch gewesen war allein zu sein war auch von Gott in diese gottverdammte Einsamkeit dieses Planeten gejagt worden, aber sie war wenigstens tot. So ein verdammter Mist aber auch !
Ach Diana, dein letzter Wunsch ging in Erfüllung; jetzt hast du fast einen ganzen schönen Planeten für Dich alleine, Du Prinzessin der Herzen, hier hast Du die Ruhe, die Du Dir in deinem von Journalisten verfolgten und immer abgelichteten Leben immer gewünscht hast...ihr letzter Wunsch war in Erfüllung gegangen und war zu einem Alpwunschtraum pervertiert. Was waren meine letzten Wünsche gewesen am gestrigen Tag im Haus Laura?, fragte sie sich. Endlich gesund zu werden und gesund zu bleiben, nie mehr Depression, nie mehr Manie, ein Leben in der Mitte, in einem gewissen Equilibre pour tousjours, und endlich Ruhe, von

diesem ach so stark, ja überpopulierten Fuckplaneten, ja Fakodeprimaniaplaneten genannt Mutter ERDE ! Sechs Milliarden jetzt schon, am Beginn des 21. Jahrhunderts, 2030 womöglich schon 12 Milliarden und dann und dann, ja und dann...? Das war doch wirklich Mist. Zuviel war zuviel. Was zuviel ist, ist zuviel! Sollte doch Putin oder Gadaffi oder sonstwer auf den roten Knopf drücken und alle und alles endgültig von diesem himmelschreienden Faktum der Überpopulation erlösen! Endlich hatte ihr Gott, ihr Vater, einen ihren intimsten Wünsche erfüllt....: Ruhe und Frieden. Ach ja, aber was nun, ja was nun...? Pistole leer, außerdem Platzpatronen, Diana tot.
Sie wollte mal die gesamte schöne Gotham City aus der Vogelperspektive betrachten. Also nahm sie den Aufzug und fuhr bis in die letzte Etage; 108.
Und dann trat sie in so eine Art Siegeshalle. Ein riesiger Glaspalast mit Statuen und Palmen und riesigen Birkenfeigen und natürlich: Die beste Aussicht ! Und was für ein großes und mächtiges Gebirge sie sah: granit und basaltfarbene Berge und Klötze, die die Stadt umzwingelten und die alle ihre Häupter in weiß trugen, viel, ja viel viel mächtiger und höher als der höchste Berg der Mutter Erde, bestimmt 18 000 oder 20 000 und mehr Meter hoch; riesig lange Schatten warfen Sie und manche rauchten und es schien ihr einer spie...
Sie sah vier Monde und die Sonne war schon rot geworden, es war Abend geworden und plötzlich kam es ihr vor, als ob sie schon ganz, ganz lange unterwegs sei, mehr als nur zwei Stunden, ja es schien ihr eine Ewigkeit. Sie trank das von dem Brunnen, der da plätscherte und es schmeckte nach mehr als nach Wasser, nach einer unsagbaren Energie, nach Kraft, nach Macht, nach Freude, nach Lust und nach Liebe und just in dem Moment als sie trank, sah sie ein Lebewesen: Eine Taube, eine Botschafterin des Friedens breitete ihre Flügel aus über dem Brunnen und hielt stille über ihrem Kopfe...endlich....ja endlich was Lebendiges ... !

Und dann lag da plötzlich ihr blaues Siemens Handy auf dem Brunnenrand. Na Gott sei Dank. Jetzt konnte sie endlich ihre Freundin anrufen. Aber welche Vorwahl hatte wohl die Erde ? Bestimmt: 00 00 00 09, dachte sie. Und dann wählte Sie ihre Freundin Nina an. Aber nichts... ja doch zumindest der Anrufbeantworter... und dann sprach sie wahre Worte: „Nina ich weiß nicht , wo ich bin, ich glaube ich bin im Paradies, im Garten Gottes, im Garten Eden, in einer großen Stadt in der niemand lebt und die keinen Namen hat. Kannst Du mir vielleicht sagen, kannst Du mich vielleicht zurückrufen im Niemandsland , die Vorwahl weiß ich nicht, versuch's einfach ....es....es wird schon klappen, auf Handy. Danke, ja danke und sag mir bitte wie ich von hier wieder nach Hause komme...welches Raumschiff ich buchen muß, koste es was es wolle oder vielleicht kann man mich auch zur Erde zurückbeamen, ich bin ganz allein, allein auf einem großen Planeten, nur der tote Körper von Prinzessin Diana ist auch noch hier, mach's gut und hol mich hier raus, Gruß deine Laura !"

Und dann legte sie auf und fing wieder an zu weinen, an zu weinen wie ein kleines Kind und dann als sie sich nach ein paar Minuten wieder gefangen hatte betete sie wieder...: Vater unser im Himmel, geheiligt werde Dein Name, Dein Reich komme, Dein Wille geschehe, und dann sang sie es, : wie im Himmel so auf Erden, unser tägliches Brot gib uns heute und vergib uns unsere Schuld, wir auch wir vergeben unseren Schuldigern und führe uns nicht in Versuchung , sondern erlöse uns von dem Bösen...Denn Dein ist das Reich und die Kraft und die Herrlichkeit in Ewigkeit ..AMEN. AMEN. AMEN... und ihr innigstes und aufrichtigstes Gebet ihres ganzen Lebens blieb nicht ungehört... denn plötzlich spürte sie eine noch viel größere, gleichwohl ähnliche Energie, Macht und Liebeskraft, wie sie eine solche vom Brunnen des Lebens empfangen hatte.

Sie wußte es direkt. Das war Gottesenergie, Liebe ja : Die ewig eine und einzige Gotteskraft. Und wo sie eben doch noch so verzweifelt gewesen war, verzweifelt, niemals mehr wirklich nach Hause zu finden, dazu verdammt zu sein für immer alleine auf diesem Planeten sein zu müssen, voller Angst, daß das ihre Hölle sei, ein für alle Ewigkeit, war sie nun umgeben von Freude, von Lust, von Liebe und dem Gefühl richtig getragen zu sein. Sie war befreit von ihrer starken, tiefen Angst. Und tatsächlich, Hölderlins Worte bewahrheiteten sich auch diesmal: Wo die Gefahr ist, wächst das Rettende auch oder im Volksmund hieß es auch spöttisch: Wenn Du denkst es geht nichts mehr, kommt irgendwo ein Lichtlein her... und tatsächlich sah sie dann ganz urplötzlich ein Licht; das schönste vom Schönsten, das man sich vorstellen kann; das schönste Licht, das sie in ihrer Erdenexistenz jemals geschaut hatte...und sie weinte vor Ergriffenheit, vor Anmut und Freude...sie fühlte sich angenommen. Gott liebte sie. Sie spürte seine bedingungslose Liebe und Achtung ihres ganzen Seins, ihrer ganzen Wirklichkeit und Soseinsdimensionalität...und Laura K. war sprachlos, war still und stumm vor der allererhabensten Schönheit dieses Lichtes und Gottes Logos erschallte und es zuchelte und ruckelte, man hörte Bewegung, Babygeschrei, Autohupen und gar Musik und Aktgestöhne; Gottes Wiederkunft hatte Gotham City wiederbelebt; die Stadt lebte auf, pulsierte: LEBTE ! Denn GOTT IST EIN GOTT DER LEBENDEN.

Und das Lichtwesen sprach zu ihr : „Du suchtest, und Du suchst innig und inbrünstig Dein zu Haus meine liebe Tochter Laura K.!

Und so war doch Deine innigste Suche nach Deinem Haus nichts weiter als Deine Suche, nach mir Deinem Vater, Deinem Gott!

Und so sei Dir gesagt: Du wirst den Weg zum ewigen Frieden finden! Den Weg zur Erlösung aus aller Krankheit, aus aller Manie und aus aller Angst und aus aller Depression ! Und so verheiße ich Dir, ein friedvolles, erfülltes, ja fülliges und damit mangelfreies Leben und Du wirst zu Diesem Leben finden schon sehr bald Laura, zur wirklichen Fülle, denn wahrlich ich sage es Dir, ich bin Gott Dein Vater und Gott kennt nur den

Reichtum, den Überfluß, das Licht, die Liebe und die Fülle und alles andere ist Angst und Du wirst Diesen Weg beschreiten dürfen, heute beginnt er, morgen wird er fortgesetzt und übermorgen sollst Du Dich vollenden in alle Zeit und Ewigkeit... denn schon in der heiligen Schrift sagte ich es Euch Menschen : Wer innigst und sehnlichst nach mir seinem Gottvater sucht, der wird mich auch finden, der soll nicht enttäuscht werden und umsonst wirklich um mich gesucht haben; diesem meinem Sohn soll auch ein wirklicher Weg gewiesen werden...!"
Und Laura weinte vor Glück und vor Freude, sie weinte und weinte und weinte in Strömen und sie sprach mit leiser aber fester Stimme: „Oh Du mein Vater und Kreator und Gott, ich danke Dir..." Und zur gleichen Zeit ertönten die schönsten Fanfaren und himmlischen Engelschöre, die ein Mensch sich imaginieren kann und Laura fühlte sich verbunden mit allem Lebendigen und mit Gott selbst: SIE UND DER VATER WAREN EINS !
Und dann entschwand das Lichtwesen, Gott verließ sie optisch betrachtet, dann wurde es wieder still und Laura machte die Augen auf...wo war sie?, ja, wo?..in einem Himmelbett in blau - gold und draußen schneite es. Sie lief zum Fenster und was sahen ihre Augen? ALUETRA, heute genannt ALFTER am Vorgebirge. Und dann wußte sie auch wo sie war, nämlich im Hotel-Restaurant „ H e i m a t b l i c k "Und von hier aus konnte sie über die gesamte Köln – Bonner- Bucht gucken. Und dann sah sie auch ihre Villa, alles noch beim Alten, beim alten soeienden Frieden in Deutschland. „Oh mein geliebtes Alfter!", schluchzte Laura, „ mein so sehr geliebtes Heimatdorf Alfter! Aber wieso bin ich in der Präsidentensuite im Hotel-Restaurant-„Heimatblick"? , fragte sie sich. Egal, dachte sie sich, ist doch ganz egal. Sie hatte mit Gott persönlich gesprochen und dieser hatte ihr eine Glücksverheißung gemacht. Ach, war das alles auch Wirklichkeit?
Ja, ja, ja, es war wirklich alles wirklich, wirklich Wirklichkeit...und dann legte sie sich wieder ins Bett, denn es

schien ihr noch früh am Morgen, obgleich sie nicht sonderlich müde war, denn sie war durchtränkt von der Gotteskraft, von seinem ewigen Licht und seiner bedingungslosen, ewigen Liebe...und sie schlief fest und gut ...
...und dann als sie aufwachte, war sie wieder ganz woanders, aber zum Glück an einem ihr vertrauten Ort, in ihrer Villa, An der roten Kanne 3 in Alfter, in ihrem Haus Laura.
„Heute, oh ja heute sei der Tag meines Werdens!“, sprach Sie „und ich werde heute den Weg zu beschreiten beginnen, den mir mein Gott verheißen hat!“ und sie sang das Vater unser und den Rosenkranz gleich dazu...und an ihrem Hausaltare zündete sie ein Kerzlein an. Und dann am Nachmittag rief Nina an.
„Mensch Laura!“, sagte sie, „ da hat doch gestern glatt so ne verdammt durchgeknallte Person bei mir angerufen und hat behauptet von einem anderen Planeten angerufen zu haben und wollte von mir zurückgerufen werden! Eigentlich nur zum Lachen, aber ich fand das war quasi eine Art von Belästigung, immer diese anonymen Anrufer und deren Stimme war vielleicht ein Hammer, echt nicht von dieser Welt, irgendwie richtig späßig, wirklich richtig fremd, ich weiß auch nicht, und der Mensch wollte von mir wissen , wo er eigentlich sein würde und wie denn der Ort seines Seins heiße, wer mag das gewesen sein...?
Und Laura mußte lächeln und schmunzeln. Sie wußte wer der Anrufer gewesen war und sie wußte auch, woher der Anruf gekommen war und wer ihn bezahlen würde... sie zögerte mit ihrer Antwort und beließ es lieber bei einem...
S c h w e i g e n ...

D i e L e e r e

Es war an einem ganz gewöhnlichen Tag. Nun gut, so gewöhnlich war er dann doch nicht. Der Vater seines besten Freundes war gestorben, ganz plötzlich und unerwartet, gerade fünfzig. So sehr berührte ihn das aber dann doch nicht, denn die Freundschaft mit seinem besten Freund war über die Jahre abgekühlt und man hatte sich aus den Augen verloren. Reiner hatte geheiratet und so war Dennis für Reiners Leben uninteressant geworden. Dennis hatte aber einen guten Draht zu dem an Drüsenkrebs binnen ein paar Monaten krepierten Vater Reiners gehabt. Deshalb ging Dennis an jenem gewöhnlichen Tag zu dessen Familienhaus, eben als Kondolenzbesuch. Nur Elsbeth, die Tochter war im Hause und erzählte ihm den Leidensweg. Es sollte kein übliches Begräbnis geben, da der Vater ein offen bekennender Atheist gewesen war. Das wußte Dennis.
Er war merkwürdig bedrückt als er zurück zum Auto kam.
Reiners Vater hatte alles besessen, an nichts geglaubt und jetzt war er einfach krepiert. In Windeseile. Er wünschte sich, daß er doch zumindestens noch hätte Tschüss sagen können. Aber nichts. Er fuhr nach Hause.

Er hatte noch nichts, kein Haus, keine Frau, keinen Beruf. Aber er glaubte an Gott. Aber Familie gründen wollte er auch nicht. Er wußte eben nicht, ob er das bräuchte.
Die Frage war: Was sollte er anfangen mit seinem Leben, wenn er es nicht mit kleinen Blagen und sonstigem füllen wollte? Er dachte plötzlich über den Tod nach, denn wie schnell konnte es einen selber treffen. Dennis bewunderte Reiner, denn der hatte ein abgeschlossenes Studium und war verheiratet. Egal, auch Dennis wollte sein Studium zu Ende machen, wenn es auch für den Doktortitel nicht reichen würde. Was sollte er aus seinem Leben machen?
Er hätte gerne Musik gemacht, Konzerte gegeben und Applaus kassiert. Gerne wäre er ein großer Pianist gewesen. Aber mehrere Hochschulen hatten ihn abgelehnt. Egal. Er wollte ein Hobby daraus machen, nein es war schon sein Hobby und damit wollte er Geld verdienen. Das war ihm ein Ziel, ein Sinn, ein Rahmen. Er wollte, daß seine Lieder über den Äther des Planeten schallen würden. Aber der Musikmarkt war von Hunderttausenden umzirkelt und im Niemandsland tummelten sich Millionen Möchtegerns.
Dann vergingen ein paar Tage und es nahte das Begräbnis heran. Das Begräbnis eines Atheisten. Aber wieso, es war gut, daß es überhaupt Atheisten gab. Denn sie negierten die Existenz eines Höheren, aber damit war noch nicht ausgeschlossen, daß es ein Höheres gab. Dennis sah unvermittelt alte Klassenkameraden wieder und er war nicht gerade erfreut, aber dann freute er sich doch. Er hatte sie über Monate, manche über Jahre hinweg nicht gesehen. Was war aus uns geworden ? Die Jahre hatten uns abgeschleift und versteift. Das System, daß wir von jeher gehaßt hatten, hatte uns mehr und mehr amalgiert, ja assimiliert. Wir gingen auf die Dreißig zu. Manche waren eben spießig geworden. Viele waren wirkliche Opportunisten. Dennis war froh zumindest einen Teil seiner kindlichen Träume ins Erwachsenenalter herübergerettet zu haben. Er hatte einfach keinen Respekt für so manche müde Nummer seines Jahrgangs. Mochten sie Doktor der Medizin oder auch Dr. jur.

sein. Das war egal. Diese Exemplare des Jahrgangs hatten sich seiner Meinung nach viel zu früh verloren und verkauft.
Dann sah er auch Reiner.
Er war ganz in schwarz und die Trauer schien ihm tief ins Gesicht geschrieben zu sein.

Dann am Grab.
Man betete trotz allem ein Vater unser. Ganz ohne Gott kam man auch 100 Jahre nach Nietzsches Tod noch nicht unter die Erde. Viele, viele Menschen waren gekommen und alle wollten sie kondolieren. Dennis war der letzte in der Reihe. Er drückte die nächsten Verwandten, die Mutter Reiners, die Schwester und dann Reiner selber. „Schön, daß Du da bist.", sagte Reiner. Das war's. Das war das große Finale des Herren Nillmann gewesen, zurück blieb ein Scherbenhaufen, ein Scherbenhaufen der Emotionen.
Dennis unterhielt sich noch mit Ulf, einem alten Weggefährten. Aber dann fuhr er nach Hause.
Jetzt war Reiner sehr reich geworden. Natürlich ein trauriger Umstand. Aber Tod bedeutete immer Platz für neues Werden. Das war nun einmal Gesetz dieses Ganzen. Aber egal, er wollte nicht weiter über die Konsequenzen eines Todesfalles nachdenken. Er wollte abschalten. Also zog er sich ein paar gute Sachen an und begab sich an ins Spielcasino zu fahren. Natürlich war es pietätlos, natürlich war er pietätlos. Aber er wollte plötzlich sein Herz schlagen spüren, den Kick spüren etwas zu haben oder etwas zu verlieren. Im Grunde genommen war es nicht viel mehr, das Leben. Etwas zu haben oder etwas zu verlieren; es war ein permanentes Spielchen.
Aber er haßte sich so in diesem Aufzug, auch schon für das Begräbnis hatte er so einen Fummel anziehen müssen. Aber da saß er schon im Auto.
Plötzlich ging sein Handy. „Hier Dennis Zaberg" , sagte er. „Ja hallo hier ist Henning." „Ja, hey Henning, wie geht's ? Ich habe gerade ein Begräbnis hinter mir und wollte meiner

Lebensfreude neuen Ausdruck geben und ins Casino fahren, hast Du Lust mitzufahren?", fragte Dennis.
„Nein, du weißt doch, daß ich diese Läden hasse. Der pure Materialismus, kann natürlich auch witzig sein, aber letztlich bist Du immer der Verlierer."
„Gut, was gibt's?"
„Och weißt Du wollt nur mal so hören wie es Dir so geht?" diminuierte Henning.
„ A Prospros , Du meinst wir sind immer die Verlierer ? Da hast Du eigentlich recht. Jedes Leben hier ist ausweglos. Wir sind von hier und wir bleiben auch hier. Ich erzähl das, weil ich eben gerade ein wenig beklommen bin, weil Reiners Vater für alle Zeiten dahin ist."—
„Aber seiner unsterblichen Seele wollen wir noch ein bißchen Aufmerksamkeit zollen...", erwiderte Henning nicht ganz überzeugend. Dann aber leitete er über zu einem anderen Thema: „Was macht das weibliche Geschlecht denn so gute Sachen in Deinem heldenhaften Leben?"
„Ich weiß auch nicht, es gibt viele Frauen, die mit mir ins Bett wollen, die dann aber nicht die Essenz Dennis länger genießen wollen und das ist schade."
„Das ist flach, das kenne ich. Aber das liegt zum größten Teil an Dir selbst. Du mußt Dich öffnen! Also, wollen wir nicht ein bißchen zusammen plaudern, komm doch einfach vorbei! Spielcasino ist doch scheiße. Schenk das Geld lieber mir."
„Na gut, ich komm vorbei, laß uns ein wenig über die Frauen plaudern. Bis gleich dann Henning.", sagte Dennis und legte auf.
Das Gespräch mit Henning war witzig und erheiternd.
Doch der Tag verging und es blieb ein etwas bedrückendes, ja beklemmendes Gefühl in Dennis zurück.

Dennis war am anderen Tag dabei seinen Studien nachzugehen. Aber keiner konnte einen ganzen Tag über seinen Studien hocken und so machte er um drei Uhr das Fernsehen an, um ein bißchen abzuschalten. Es lief Star

Trek. Erst die alte Kirk und Spock-Serie, dann die neuere Voyager.
Eine Raum-Zeit Anomalie hatte die Voyager dahin gebracht, bis auf wenige Lichtjahre an den Heimatplaneten Erde heranzukommen. Doch, der anfangs ausgelösten Euphorie endlich wieder die Heimat zu sehen, folgte ein molekularer Zerfall der gesamten Crew und am Ende blieb von dem Raumschiff nichts als ein bißchen Ursuppe.
Dennis machte das nachdenklich. Vielleicht befand sich die Menschheit gerade am Aufbruch in das Weltall. Aber niemals konnte es geschafft werden die immens großen Dimensionen des Alls zu durchfliegen. Sein Physiklehrer nämlich hatte ihm mal erzählt, daß, wenn ein Raumschiff schneller als Lichtgeschwindigkeit fliege, die Masse zunehmen würde und das hieße einfach, daß die Insassen des Raumschiffes, wie aufgeblasene Luftballons platzen müßten und damit eben sterben müßten. Nichts war unmöglich und dennoch war auch Alles nicht möglich. Die modernen Physiker suchten nach der Weltformel aber auch diese würde nicht aus dem Dilemma herausführen, daß die Menschen, daß die Menschheit ein Gefangener ihrer Heimat blieb und bleiben sollte.
Der Mensch war nicht geschaffen für das lebenswidrige Sein des Alls, daß es zu mehr als 99 % nun einmal war. Und die Relation war ungefähr die folgende. Der Mensch würde ebenso genauso wenig das Vermögen entwickeln ein entferntes erdenähnliches Sternensystem zu finden, wie es eine einzelne Ameise jemals schaffen würde ein Auto zu fahren. Es ist klar: Die Ameise kann eben nie ein Auto fahren und der Mensch kann nie die Zeiträume des Alls überbrücken...
Der Mensch war von der Natur dazu erdacht worden auf diesem Planeten zu leben und sich zu vermehren. Dieses Programm hatte der Mensch inzwischen überlistet, mit Kondomen, mit der Anti –Baby Pille und er hatte gelernt sich an seinem Programm zu erfreuen. Aber die andere Komponente dieses Programms konnte er nicht überlisten. Seine Herkunft und seine Ureigentümlichkeit. Er war nun mal

auf dieser Welt und war dazu verurteilt auch nicht von ihr wegzukommen. Dennis war betrübt dies festgestellt zu haben. Aber da mußte der Glaube her. Her, um nicht ganz im Nichts zustehen und, um nicht völlig hilflos einer schrecklichen Allmacht ausgeliefert zu sein, der man nichts entgegenzusetzen hatte.
Draußen fing es an zu regnen und Dennis setzte sich auf die überdachte Veranda und lauschte dem Fall des Regens und dem dazu erklingenden sommerlicher Donner.Er hörte auf zu denken und zog sich die Schuhe aus und dann auch dnoch die Strümpfe und streckte seine Füße in den Regen hinaus. Dann zog er sich zurück an die Hauswand und machte es sich gemütlich.
Er genoß die planetare Symphonie..
Plötzlich spürte er ein Piecksen unter seinem nackten Fuß.
„Scheiß Ameise“, seufzte er und trat zu.

Eine Woche später, es war schon später Abend, da kam Dennis gerade aus dem Fitnesstudio, parkte er sein Auto in der Tiefgarage und ging ahnungslos zur Haustüre des zwölf-stöckigen Hochhauses. Er hörte ein Zischen, konnte es aber nicht zuordnen und war dann sehr verwundert plötzlich einen zerschmetterten Menschenkörper vor sich zu sehen. „Mensch du meine Scheiße!“, rief er plötzlich, instinkthaft und reflexartig aus. „Hast du noch alle Tassen im Schrank!“ Aber da war nicht mehr viel zu machen. Er konnte nicht mal erkennen, wer es gewesen war. Dennis wollte nicht in den Focus der Zeitungsleuten geraten und da erste Hilfe sowieso zwecklos war, machte er sich aus dem Staub. Zurück ins Auto und weg. Am besten ganz raus aus der Stadt. Welch riesige Blutlache, welch zerschmettertes Hirn, welch Grausamkeit!
Er fuhr etwa eine halbe Stunde und machte dann das Lokalradio an. Man berichtete von dem Vorfall. Und dann kam der Hammer. Die Person hatte auf dem Dach eine

aufgeblasene Gummipuppe und einen Abschiedsbrief hinterlassen. Keine Frau habe ihn je wirklich geliebt und deshalb wolle er zusammen mit der Gummipuppe sterben. Na ja vielleicht hatte er eben doch eingesehen, daß die Gummipuppe, die er zahlreiche Male genommen hatte, doch nicht sterben konnte, weil sie eben leblos war. Eine Protesthandlung, schien es Dennis. Aber was, und wer war es gewesen? Er kannte lang nicht alle Parteiungen des Hauses, in dem er wohnte. Es war nur eine Studentenunterbringung, für ihn also nur ein vorübergehendes Zuhause. „Hätte dieser Dummkopf doch erst noch mal die Puppe genommen und wäre dann ganz normal in ein Cafe gegangen und hätte unter den Kastanien schönen Frauen hinterhergeschaut. Jetzt war er zu Klump geschlagen.“, dachte sich Dennis mehr oder weniger Anteil nehmend.
Jede Hilfe kam zu Spät, hieß es im Radio.
So ein riesiges Stück Mist ! Und jetzt war er tot und Dennis spekulierte schon über die Schlagzeilen in der Schwarz-weiß-Rot –Presse: „Mit der Sexdoll in den Tod“ oder „Gummipuppe und Freitod“. Unglaublich. Dennis machte sich eine Zigarette an. Eigentlich hatte er aufgehört, aber er war so benommen und schockiert, daß er im Handschuhfach eine alte Marlborow-Packung herauskramte und sich eine anzündete. Diese Welt war verrückt, wenn man glaubte sie sei verrückt. Aber irgendwo war und wurde sie immer noch verrückter. Aber egal. Der, der von Sinnen gewesen war, hatte es jetzt hinter sich. Aber das war die Frage. Nur, da jedes Leben einzigartig war, so war dieses Leben vorüber. Nach der Zigarette fuhr er nach Hause.

Der arme Irre, der sich da runtergestürzt hatte, kam es ihm ein paar Tage später in den Sinn. Wieso hatte keiner interveniert und dann noch dieser wahnwitzige Versuch mit einer Gummipuppe zu sterben. Es war ein gewisser Herr Melt gewesen. Gekannt hatte er ihn nicht, vielleicht hatte er ihn mal gesehen, er wußte es nicht. Vom Leben nicht gerade geliebt, aber er war auch nicht sonderlich häßlich gewesen, nur eben nicht ganz gewöhnlich, eben sonderbar. Jetzt war er dahin. Gerade vierzig. Zu früh für die Rente. Zu jung zum Sterben. Er hatte massiv nachgeholfen. Dennis fragte sich, wieso er nicht mal verreist war, statt einfach seinen Körper zu vernichten? Verreist nach Brasilien oder Thailand oder China. Überall gab es tolle Frauen, die der Gummipuppe hundertmal überlegen waren. Vielleicht hatte er das Geld nicht gehabt. Suizid war meist eine Monohandlung. Das Leben bot meist eine Vielzahl von Alternativen oder Handlungsmöglichkeiten. Die Monohandlung des Herrn Melt.
Gott war ein barmherziger Gott und er konnte diesem Mann Melt gewiß auch die schwerste aller Sünden verzeihen. Melt mußte sich unnützlich gefühlt haben. Unnützlichkeit gepaart mit einer verrückten sexuellen und protestierenden Grundhaltung. Was nützlich ist, was sich als nützlich erweist, wurde evolutionär präferiert. Jeder Mensch versuchte sich von Tag zu Tag nützlich zu machen. Die einen fungierten als Aktenordner in bürokratischen Firmen, die anderen machten sich als Mütter nützlich, andere waren nützliche Zahnärzte, Manager usw. Man mußte sich nützlich machen und dieser Herr Melt hatte sich anscheinend absolut unnützlich gefühlt.

Dennis starrte gegen die Wände seines Appartments. Was sollte er diesen Freitagabend machen? Er konnte ins Kino fahren, er konnte auf den Straßenstrich fahren, aber er sah ein, daß man sich Freunde nicht kaufen konnte. Er wollte nichts dergleichen tun. Aber es erregte ihn, so eine Fülle von Möglichkeiten zu haben, zu tun und zu lassen, was er wollte. Natürlich: es waren genaugenommen nur zwei Möglichkeiten,

aber es gab noch eine Dritte: Ins Bett gehen und schlafen. Vielleicht war das das Beste was er tun konnte.
Jean-Paul Sartre hatte behauptet, so wie ein Papiermesser eine Bestimmung besäße, so hätte der Mensch eben keine. Das war aber einfach dumm. Denn ein Papiermesser konnte man genauso gut zweckentfremdet benützen, um jemand zu töten beispielsweise oder das Papiermesser einfach wegschmeißen, vergraben oder zerstückeln. Der Mensch hatte genauso eine Bestimmung und wiederum keine wie jedes Teil im Universum. Der Mensch hatte temporäre Bestimmungen im Leben. Die Bestimmungen wechselten. So wie es die Bestimmung des Papiermessers war, Briefe zu öffnen, so war es die Bestimmung des Menschen zu arbeiten. Wenn er nicht arbeitete, mußte er verhungern oder aber er war wohlhabend genug um überhaupt nicht mehr arbeiten zu müssen. Die Bestimmung des Menschen war variabel. Absolut vorgezeichnet war nur das Leben von ein paar Monarchen auf dem Planeten. Aber selbst die konnten anders, wenn sie es gewollt hätten. Der Mensch hatte Wille. Wille zum Leben und Wille zum Sterben. Dennis hatte aufgehört die Wände anzustarren und war auf den Balkon gegangen. Er sah auf die Lichter der Stadt, hörte die Geräusche der Stadt und schmeckte die Luft der Stadt. Dieser wahnwitzige Mensch hatte sich, seitdem er vor 150 000 Jahren den Weg vom Dschungel in die Steppe gewagt hatte, sehr, sehr weit von seiner Ursprünglichkeit und Natürlichkeit entfernt. Sicher war der Mensch noch angewiesen, auf das eben, was da im Acker keimte und wuchs, aber es war eine neue, technologische „Natur" entstanden, die dennoch durch und durch die Handschrift der ursprünglichen Natur zu tragen schien. Er dachte plötzlich zurück an Kindertage, als man im Wald gespielt hatte. Er begriff plötzlich, daß man sich nie als Teil der Natur verstanden hatte, sondern immer als ein viel weiter Fortgeschrittenes. Die Verbindungslinie zur eigentlichen Herkunft war verblaßt, war verwischt. Die Frage war nur, ob es den Menschen gelingen würde diese Herkunft einst völlig

abstreiten zu können. Aber das war Unsinn, denn wie die Ameise nicht lernen würde ein Auto zu fahren, würde der Mensch es nicht verlernen Nahrung, die auf der Erde gewachsen war, zu sich zu nehmen. Aber es war eine erhebliche Diskrepanz zwischen Ursprung und Herkunft des Menschen und dem, was er daraus gemacht hatte, entstanden.
Dennis überlegte nun doch schlafen zu gehen und sich wieder in seiner Wabe zurechtzufinden. Jeder lebte in seiner Wabe, seiner Familie, seinen Freunden, seinen Bekannten. Er hatte nicht viel mehr als seine Familie, aber das war jetzt immerhin besser, als gar nichts.
Er duschte sich und legte sich darauf ins Bett.
Im Bett dachte er nochmal an die ereignisreiche Woche zurück. Herrn Nillmann begraben, Herr Melt vom Dachboden gesprungen und er selbst allein in der großen, großen Welt. Er dachte plötzlich an die Ameise zurück, deren Existenz er ja beendet hatte. Gut, sie hatte ihn angegriffen und er hatte sich nur reflexartig gewehrt und dabei war sie zu Tode gekommen. Die verdammte Ameise eben, die nicht und niemals Auto fahren lernen würde. Ob der Mensch jedoch es doch schaffen würde die immensen Entfernungen im physischen All zu überbrücken, das mußte offen bleiben. Der Mensch war ja ein Lieblingsgeschöpf Gottes und sein Potential war unbegrenzt. Also war es vielleicht doch nur eine Frage der Zeit, wann der große Star Trek losgehen würde. Herr Nillmann würde es aber nicht mehr erleben und Herr Melt schon gar nicht. Ob er das einst sehen sollte war auch nicht klar. Sicher aber war, daß er in einem aufregenden und interessanten Zeitalter in Erscheinung getreten war und der Tod mußte trotz allem nur ein Tor sein, ein Tor in eine andere Welt, denn alles andere war nicht zufriedenstellend und absurd und Absurdität verbot Liebe und Sinn, und das Universum machte nunmal Sinn und Sinn war Liebe...
Damit schloss er seine Gedanken und atmete tief ein und aus, um endlich schlafen zu können. Und schon bald hörte er nichts mehr von der rauschenden Stadt im Hintergrund ...

Aufzeichnungen eines Frustrierten

Los des Lebens

Manchmal frage ich mich, was es soll? Da rackert man sich ab, um später besser da zu stehen, als die, die sich jetzt schon kaputtrackern. Mir geht jegliche Lebensfreude verloren, jegliche Genugtuung ist nur Schein, jegliches Ziel ist nur ein erneuter Berg. Ja, der große Popper hat schon festgestellt, daß das Leben stetes Problemlösen ist. Und das fängt beim Verlegenheitsgespräch an. Man sagt etwas nur um eine Situation zu überbrücken, aber egal...da wird es mir zu unpathetisch. Wieviele gesprochene Worte landen nicht einfach auf dem Müllhaufen der Galaxis und doch ist es gut, daß sie gesprochen worden sind, denn sonst wäre rein gar nichts verlautet von der Menschheit an diesem oder jenen Tag.
Nun gut. Ich bin nicht zufrieden. Ich habe keine Freunde. Das ist übertrieben, aber manchmal kommt es mir so vor. Ich habe keine Freundin. Vielleicht würde ein hübsches weibliches Wesen mein Leben, mein karges Leben verschönern. Daran glaube ich fest. Die Liebe kann retten. Denn es ist langweilig und depressiogen seine ganzen Spermien, seine ganze sexuelle Energie in Onanie zu stecken, sein Sperma den Abfluß runterzuschicken. Sperma gehört in die Mulde einer

schönen Frau, auch wenn es da genauso strandet wie im Kondom oder im Mülleimer. Ich weiß nicht, aber es kommt mir vor, als wäre das Sexuelle mein einziges, alles lösendes Problem. Aber Wilhelm Reich hat einfach Unrecht das Glück des Menschen im sexuellen Monismus zu suchen. Glück des Menschen. Eigentlich könnte man sich auch um die Ecke bringen. Aber man hat Scheu. Erstens könnte es weh tun, zweitens könnte es doch so etwas wie göttliche Sphären geben und drittens könnte es ja doch eine Seele geben und wenn dann nicht Schluß ist, ist man wahrscheinlich erst richtig in der Kacke. Das sind die Motivationen, die für mich meist gegen den Suizid sprechen und das qualvolle Los des Lebens doch auf mich zu nehmen.

Etwas will uns....

Ich denke mir bei der Arbeit, daß das Leben aus Momenten besteht und es wurde ja auch schon in der Bibel darüber berichtet: Es gibt eine Zeit zum Leben und eine zum Sterben, eine Zeit zum Lachen und eine zum Weinen, eine Zeit der Freude und der Trauer...alles hat seinen Moment. Das Leben besteht aus Konstellationen, aus Momenten. Natürlich ist es ebenso genauso einfach zu sagen: Alles hat seine Zeit. Die Zeiten liegen in der Tat kreuz und quer. Der eine hat gerade ein Bein gebrochen, der andere küßt gerade eine schöne Frau. Und das alles zur gleichen Zeit. Momenthaft und gut.
Gut ?
Die Zeit will unser Werden und will, daß wir einen Plan erfüllen, kommt es mir in den Sinn. Und sie schickt uns die Botschafter, um es zu bewerkstelligen.
Aber kann es nur die Zeit sein? Hier spalten sich wieder meine Gehirnströme und meine Ratio plädiert für ein schnelles Ende der abschweifigen Überlegungen. Aber es gibt da etwas, das lenkt und plant und das Konglomerat der unterschiedlichen Zeitabläufe zeitgleich sich vollziehen läßt und keiner in diesem System wird vergessen.

Doch dann erscheint mir alles als leer...
Dann klingelt das Telefon. Ich nehme ab: „Tut mir leid, ich hab mich verwählt", sagt eine tönernde Stimme, die unsicher klang und harmonisch zugleich. „Entschuldigung, mein Name ist Kehl."
Auflegen. Alltag.
Es liegt außerhalb des Möglichen diesen Mann kennenzulernen oder zu erfahren was er tut. Und wenn etwas absolut außerhalb des Möglichen liegt, dann ist das für den Personenkreis, der da in der Möglichlosigkeit sich befindet, auch nicht erstrebenswert das Unmögliche zu verwirklichen.
Sitzt man bei der Arbeit, so liegt es außerhalb des Möglichen eine zu rauchen. Dann: Stunden später ist alles anders. Du hast mehr Freiheit und Freiheit sind Möglichkeiten. Wenn etwas aber außerhalb des Möglichen liegt, dann probiert man es auch erst gar nicht. Alles ist nicht möglich. Aber nichts ist unmöglich und dieses Paradoxon liegt außerhalb des Möglichen....

Ich will es beweisen...

Heute war eine alte Dame zu Besuch. Es ist meine Oma. Ich weiß nicht, aber heute war ich nach ihrem Besuch total deprimiert. Wie schafft es diese 86 jährige Frau nur immer wieder, mich emotional völlig aus der Fassung zu bringen? Vielleicht ist es mein Neid vor ihrem Leben.
Nein, das kann es nicht sein. Ich hasse sie. Ich verachte sie. Und ich akzeptiere sie. Und ich mag sie. Ich weiß nicht, aber der Streit zwischen uns zieht schon lange seine Runden. Heute hat sie nichts weiter Boshaftes zu mir gesagt. Aber ich glaube, daß das Problem in höheren Welten zu suchen ist. Da muß eine Sache zwischen uns beiden in langer Vergangenheit vorgefallen sein, die uns die eigentliche Akzeptanz zwischen Menschen gleichen Blutes vergessen läßt.

Ich hoffe, daß sie vor mir die Erde verläßt. Vielleicht kann ich mich dann noch ein bißchen erfreuen auf dieser. Natürlich: Es gab viele Faktoren, die mich heute nicht gerade glücklich gemacht haben. Da war ein Dorffest und ich wollte ein bißchen Promotion machen für mein Konzert im Herbst. Und irgendwie ziehe ich solche Situationen immer wieder magisch an. Der Dorfpfaffe rückte den Schlüssel für den Flügel einfach nicht heraus. Das hat mich unheimlich geärgert. Die Situation wäre nämlich günstig gewesen. Ich hätte platzen wollen vor Wut. Und dann noch die Oma zu Besuch. Sie kann, glaube ich, meine philosophische Ader nicht abhaben. Bei ihr gibt es auch keine Psychologie. Sie führt ein pragmatisches und wenn man mich fragen würde, ein verkorkstes Leben. Gut . Sie war erfolgreich und hat unheimlich viel gearbeitet in ihrem Leben. Sie hat ihr Leben ohne große Schwierigkeiten über die Bühne gebracht. Jetzt fehlt nur noch ihr Finale grande.
Ich dagegen bin fast schon seit der Kindheit in psychologischer Obacht und später als Erwachsener im psychiatrischen Focus. Für all das hat sie kein
Verständnis. Auch für die Schwächen eines psychisch labilen Menschen hat sie kein offenes Ohr. Ich fühle mich von ihr abgestoßen, halt nicht akzeptiert.
Vielleicht sollte ich mein Finale grande noch vor ihrem inszenieren, aber das ist sie mir nicht wert. Ich war auf jeden Fall total im Keller mit meinen Gefühlen, nachdem sie gegangen war.
Ich will es ihr beweisen. Ich will ihr beweisen, daß auch ein psychisch Kranker ein passables Examen an einer deutschen Universität zustande bringen kann. Daß auch ein schwer affektiver, manisch-depressiver Mensch ganz schön viel auf die Beine stellen kann. Ein quasi ganz normales Leben führen kann. Wenn sie das doch noch erleben würde oder könnte. Das wäre mir sogar noch lieber als ein schnelles Ableben dieser zähen Persönlichkeit.
Ich will es bewahrheiten... und das ist ein sehr wichtiger Punkt meines Lebensprogramms. Sofern es denn überhaupt ein Programm geben kann.

Seitdem ich solch extreme Lebens und Seinsrealitäten wahrgenommen habe, die das Gros der Menschheit oder der Staat in dem wir leben, nicht mit mir teilen konnten, will sagen, seitdem ich mich auf den Pfad der Annomalität begeben habe, habe ich unheimlich viel Zuneigung und damit Anerkennung meiner Umwelt und meines Freundeskreis verloren. Und das hat weh getan. Schlicht und einfach weh getan. Vorher, vor dem ersten Mal „Villa", war ich ein angesehenes und gern gesehenes Stück Mensch. Ich war gut in der Schule, hatte eine Freundin, wollte schnell unabhängig werden, machte tolle Musik und dann wurde ich krank. Meine Freundin ließ mich stehen. Sie hat nicht einen Schritt in das Seelenkrankenhaus getan; dann machte ich eine Ausbildung und wurde als nicht tauglich befunden, aus was weiß ich für fadenscheinigen Gründen. Dann plante ich ein Konzert mit einem vermeintlichen Freund und auch das platzte. Ich fühle mich unterminiert, ich fühle mich nicht mehr geliebt, ich fühle mich abgestoßen wie ein Fremdkörper, wie ein Aussätziger.
Ich muß sagen, daß das alles sehr weh getan hat, zuletzt noch einmal mit einer neuen Freundin, die mich Gefühle hat spüren lassen, die ich seit sieben Jahren nicht mehr gelebt hatte. Egal. Ich freue mich auf mein neues Konzert und das gibt vielleicht so etwas wie Genugtuung und Freude. Ich brauche Anerkennung;. Darin bin ich Junky geworden. Ich brauche Liebe...

Selbstverwirklichung

Heute lerne ich meinen Chef kennen. Ich muß sagen: Ich war sehr überrascht. Ein Mann, der die Ruhe selbst ist. Charme, Charakter.
Trotzdem. Ich kann mir so eine Art von Macht und Selbstverwirklichung nicht vorstellen. Mehrere Filialen, mehrere Häuser. Nein.

Mich kotzt dieses System an. Ich will eine andere Art von Selbstverwirklichung anstreben, oder besser: Ich strebe sie an. Ich weiß nicht, ob ich dabei Erfolg haben werde. Nein, ich muß sagen: Ich bewundere das Imperium, daß mein Chef sich kreiert hat. Mein Imperium dagegen soll etwas wirklich Bleibendes schaffen. Mein Wort will ich perfektionieren und in den Stein meißeln lassen. Meine Musik soll auf dem gesamten Planeten erschallen und meine Visage soll auf Filmstreifen extrapoliert werden. Das ist meine Maximalexistenz. Das sind so hoch gesteckte Ziele, daß man sie nicht erreichen kann. Wieso nicht ? Ich bin ungeeignet für das spießige Leben als kleines Rädchen im System. Ich liebe dieses System Deutschland. Es ist einfach großartig und trotzdem rebelliere ich schon gegen dieses System, seitdem ich begonnen habe, darüber nachzudenken, was ich aus meinem Leben machen will. Und bei meinem Imperium soll es nicht um Macht gehen; es soll um Reputation, es soll um so etwas wie Ruhm und Ehre gehen. Es ist halt nicht mein Ding jeden Tag erneut auf der Matte zu stehen, um dafür ein paar Dollar zu bekommen und dann davon Frau, Kinder, Haus und Auto zu finanzieren oder zu befriedigen.
Ich habe den Eindruck, als wenn ich immer dasselbe schreiben würde. Aber das ist nicht schlimm, sondern lediglich Beweis für meine Kontinuität, für die Treue zu mir selbst.
Ich lebe halt die Extreme und das macht, glaube ich, nicht gerade sexy. Ich muß endlich lernen auch am Alltag Freude zu entwickeln, weil sonst alles nur ein B-Klasse–Film wird. Normalität kann auch sehr aufregend sein. Und Normalität ist so etwas wie Konstanz, obwohl alles Wandel unterworfen ist. Wir Menschen sind dazu fähig so etwas wie Konstanz zu entwickeln, was Plato ja darauf schließen ließ, daß wir Menschen von einer zweiten überirdischen Welt auf die Erde herniedergefallen sind. Aber meine Art von Konstanz ist Antikonstanz, Antikontinuität, eben Antisystematik.
Trotzdem gebe ich zu, daß man bei allem erkennen kann, wer der Absender gewesen ist. Da ist tatsächlich so etwas wie

eine mystische nicht nachweisbare Linie in all diesem, was ich produziere. Etwas Unveränderliches.
Aber ich bin traurig, weil ich nicht zum Abschluß komme. Ist alles Leere ?
Nein. Wir alle müssen sterben und werden wieder zur Materie. Wirklich ? Lächrerlich.
Werden zu Materie. Sollten wir uns darauf freuen? Alles ist Materie, seit Anbeginn, selbst das Licht besteht aus Materiebausteinen, den Photonen. Materie, die sich seit jeher transformiert und wir sind Teil dessen und auch dieser Teil bzw. Alles ist ewig. Wir sind ewig, weil wir auch nur das eine, Teil des Gesamten, Teil des Ganzen sind.
Bei diesem Anlaß möchte ich von einer meiner Freundinnen erzählen, die schon seit Jahren wie die Zeugen Jehovas das Ende der Welt, den Schlußpunkt ihres Lebens vorhersagt.
Sie ist in der Tat etwas hysterisch und schon seit Jahren meint sie, eine schwere Krankheit zu haben, und stolziert paranoid von Krankenhaus zu Krankenhaus. Dabei hat sie tatsächlich eine große Art von Schmerzen, die sich kein Arzt erklären kann, noch kann irgendein Arzt etwas nachweisen. Und sie meint nun, dahinter stehe die Ärzteverschwörung, die deutsche Ärzteverschwörung und tatsächlich hat jetzt ein holländischer Arzt einen winzigen Gehirntumor bei ihr festgestellt und nun will die Krankenkasse nicht mitmachen. Ich frage mich nur, wie ein winziger Gehirntumor soviel Bauchschmerzen verursachen kann. Sie kann einem wirklich leid tun. Aber selbst das tut sie mir nicht. Denn ich glaube, daß das Einzige ist, was sie erreichen will. Sie lebt in ständiger Todesangst. Sie hat Angst zu sterben und all das nur wegen der deutschen Ärzteverschwörung. Ich habe ihr schon oft versucht zu erklären, daß es das in Deutschland nicht gebe, daß man einfach so jemand sterben ließe. Aber nein. Sie muß ja jetzt sterben. In Gottes Namen, soll sie doch froh sein, daß sie nun endlich bald stirbt. Ich denke oft abends im Bett vor dem Einschlafen an den Tod. Soll sie doch froh sein es bald endlich hinter sich zu haben. Aus. Schluß. Vorbei. Oder Dunkelheit, Frieden und Ruhe.

Aber es geht bestimmt noch Jahre so weiter. Ich weiß, daß sie krank sein will.
Jeder ist so lange krank, wie er krank sein will. Das ist ein brutales Urteil, aber es stimmt mindestens zu 50 Prozent . Viel an Krankheiten ist einfach Kopfsache. Denn es gibt so etwas wie ein psychophysiologisches Feld.
Sie bittet mich immer, daß ich ihr helfen soll. Wie soll ich das machen?
Wie soll ich das schaffen?
Hilf Dir selbst, dann hilft Dir Gott. Und was soll all dieses blinde Vertrauen in die Schulmedizin. Wieso geht sie nicht mal zu Alternativheilern. Wir Menschen sind keine Maschinen. Wir sind multidimensional.
Eins verspreche ich meiner Freundin allerdings: Ich werde auf ihrem Begräbnis erscheinen. Die Frage ist nur, wer von uns vorher tot ist. Denn das allein liegt in Gottes Hand.

Heißer Schlitten

Ein ganz normaler Unitag. Referat in Philo um 11.00. Halbwegs danebengegangen aber wacker geschlagen.
Dann Pause. Sitze mit Dimitri, Alexandra und Bianca in der Cafeteria.
Dann ein unheimlich langweiliges Seminar Didaktik. Aber eine unheimlich hübsche Frau, die das Los des langweiligen Seminars mit mir teilt.
Ich will sie hinterher ansprechen. Ich habe mich schon oft an ihrem äußeren erfreut. „Was soll ich sagen?", frage ich mich als das Seminar vorüber ist. An der Türe nach draußen liegt mir ein: Hallo, ich würde Dich gerne mal kennenlernen..., auf der Zunge. Doch dann fährt da ein Mordscabriolet heran und die junge Dame steigt freudig ein.
So was passiert mir. Ausgerechnet mir. Wozu ? Wer will mich da provozieren?

Die Götter müssen verrückt sein!

Geburt meiner ureigentlichsten Existenz

Meine Ex kann man vergessen. Sie wird es nie begreifen. Nie begreifen, warum ich lebe und was ich verwirklichen will. Ich will eben ein Künstler werden, vielleicht als philosophischer Schriftsteller, vielleicht als Musiker. Und hier ist ein neuer Punkt. Ich will diesem Punkt, meiner Exfreundin beweisen, daß diese maximale Existenz möglich ist. Sie ist froh einen gut Bürgerlichen ausfindig gemacht zu haben, der ihre spießige Weltsicht mit ihr teilt. Soll sie doch ohne eine einzige Dissonanz in die Bahnen ihrer Eltern münden. So etwas kann man nur verachten. Ich habe sogar noch etwas mehr als Verachtung für sie über: Nämlich Mitleid; ja sie tut mir einfach leid. Egal. Ich muß sie vergessen.
Ich lebe darauf zu, ich lebe darauf hin. Auf den Tag der Geburt meiner ureigentlichsten Existenz. Die Geburtsstunde meiner Dekadenz und meiner Antikongruenz die das gesamte System durchwackeln wird.
Das ist meine gesamte Aggressivität, die ich diesem System Deutschland entgegenbringe. Ich könnte alles in die Luft jagen und fahre dann mit dem Auto durch die gelben, durch die roten und durch die grünen Ampeln. Das könnte mir den Führerschein kosten, aber alles geht gut. Ich komme bei meinem Bruder an, dessen Freundin Geburtstag feiert. Da sind sie: Die jungen Zwanziger, Mittzwanziger und Anfang Dreißiger. Zum Kotzen und nett zugleich. Nett ? Nein, einfach zum Kotzen. Eine gewisse Jule arbeitet bei einem Übergangswohnheim für psychisch Kranke und plaudert laut über ihr gesamtes Wissen an Neuroleptika und Tranquilizer. Ihr Opfer ist Christian, dem die Sozialisationsinstanz LKH

nicht unbekannt ist. Dieses Gespräch regt mich auf. Nein. Ich will abschalten. Ich sehe mich plötzlich auch als Opfer, als Opfer des Systems, dem ich unmöglich entrinnen kann. Später sagt Jule, daß ich mich absondere und fragt wieso? Ich sage, daß ich Zeitung lese und das sie irgendwo Recht hat. Ich komme mir plötzlich vor, wie auf einer geschlossenen Station. Ich kann diesen Fuckärschen mit ihren minimalen Lebensanforderungen und Erwartungen unmöglich etwas abgewinnen. Ich muß gehen. Ja, ich muß. Aber ich frage noch, ob die hübsche Mone in festen Händen ist. Das gibt einen gewaltigen Lacher in der Sozietät, weil ihr langjähriger Freund zwei Stühle weiter sitzt. Hätte ich mir denken können. Aber wenigstens habe ich die Aufmerksamkeit dieser durch Alkohol und Vollgefressenheit lethargisierten Gesellschaft einen Moment auf mich gezogen. Das ist typisch für mich. Ich stelle oft solche peinlich anmutenden Fragen. Ich wollte Mone eigentlich etwas ganz anderes gefragt haben. Nämlich: „Willst Du mit mir gehen?“—Aber da war wohl selbst meine Hemmschwelle zu groß.

Konstanz in Sachen Liebe..?

Heute habe ich eine richtig rassige Frau kennengelernt. Sie heißt Sarah. Braune Haare, kleine Sommersprößchen, braun-blaue Augen. Sie hat richtig Charakter. Sie hat richtig Stil. Sie hat Mut. Sie ist gut. Ich freue mich auf den Tag, wo ich sie in meine Arme schließen darf und die Augen zuklappen kann, um ihre sanften Lippen auf den meinen spüren zu dürfen...alle Frauen in spe, alle Vorstellungen von Beziehungen, die ich mir in den letzten fünf Monaten gemacht habe, fallen weg. „Du, liebe Sarah, wärst mein Traum“, denke ich tagträumend. Es ist die Frau, die letzte Woche so freudig in das Cabriolet stolzierte. Aber es heißt ja immer wieder: ´Ein

Freund ist kein Hindernis, sondern eher ein Grund.' „Und ich habe andere Qualitäten als ein teures Cabriolet!“, kommt es in mir hoch
Ich bin sexuell und emotional ganz schön ausgehungert. Mit dem Sex ist das nicht so schlimm, aber ich sehne mich, wie wohl jeder Mann, nach ein bißchen Geborgenheit. Natürlich würde ich gerne auch mal das Los einer festen Beziehung teilen und genießen, mit all seinen sexuellen Kapriolen.
Ich kenne Sex. Aber nicht viel mehr als Missionarstellung, von Hinten und Blasen. Viel mehr ist es ja auch wohl nicht oder ? Trotzdem möchte ich mich verbal fest verpflichten einer gewissen Frau zu gehören. Das gibt Konstanz und Konstanz ist Sicherheit.

Wir müssen das Leben nehmen , wie es kommt....

Wir müssen das Leben tatsächlich nehmen, wie es kommt, bis wir tot sind. Es gibt gar keine andere Alternative. Das ist die ultima ratio eines vernünftigen Menschen. Denn just heute hörte ich im Radio, daß die Bevölkerungszahl von Bombay bald bei 27 Millionen liegen wird. Das ist soviel wie ganz Nord-Rhein-Westfalen. Und da piss ich mir schon ins Hemd, wenn man hier die noch unbebauten Flächen in Häuser oder Asphaltterassen verwandelt. Trotzdem: Bei aller Weitsicht ist das alles nur Kurzsicht. Da mache ich mir schon Sorgen, ob ich denn einst würdig unter die Erde komme, oder auf einer Straße verfaule. Wir müssen alle bis zum Letzten kämpfen. Wir leben in einer Wendezeit, in einer Aufbruchszeit, Endzeit. Sehr bald wird sich entscheiden, ob das Naturphänomen Mensch noch eine Chance hat, oder ob die Natur selbst eine Art Notbremse zieht. Ich will nichts heraufbeschwören, um

Himmels Willen, aber es muß doch jedem logisch denkenden Wesen aufgehen, daß der Planet allmählich zu klein wird. Und wir hier in Deutschland dürfen uns noch jeden Morgen unter die warme Dusche stellen und da kommt tatsächlich Trinkwasser heraus. Aber das ist die Ausnahme. Wie viele Menschen müssen täglich nicht nur um ihr Trinkwasser kämpfen.
Wir im Westen kämpfen dagegen um unsere erste Million. Aber der Kampf ist so unterschiedlich. Wir leben hier wirklich im Paradies, wenn nicht unsere Konsumneurose und Ansehenspsychose unsere Triebe schon fast vollens kontrollieren würden.
Die armen Politiker der Jahre 2030. Dann ist meine Generation an der Macht. Ach du meine Scheiße. Dann ist die Welt vielleicht endgültig zu Klump geschlagen. Aber: Wir und alle nachfolgenden Generationen müssen das Leben, und das heißt all seine Bedingungen und Chancen, nehmen, wie es kommt, bis wir tot sind....

Wann warst Du jemals glücklich...

Eine ganz komische Frage kam mir jetzt in den Sinn. Wann war ich jemals glücklich? Vielleicht als ich mit meiner ersten großen Liebe, zum ersten Mal das Abenteuer Amore genoß ? Als ich am Meer saß in der Bretagne und dem Schlagen der Wellen lauschte? Als ich eine gute Note für eine Hausarbeit erhielt? Als ich von zweihundert Leuten frenetisch für meine Komposition „Die Brücke am Tai“ beklascht wurde?
Vielleicht war ich überall da glücklich. Das Glück kann man im Augenblick nur schlecht wahrnehmen. Hinterher wird einem klar, daß man da und dort glücklich war. Natürlich war ich schon glücklich, aber in meinem Leben ist das eher die Ausnahme. Ich beneide viel zu oft andere Leute. Das ist

Faktum. Und Ursache meiner Selbstaggression genannt Depression. Kann es etwa sein, daß sich der Zustand des Glückes und des Glücksgefühl erst so mit dem Jahre 40 einstellt, weil man dann erst richtig erwachsen geworden ist und einen Status besitzt in Gesellschaft und Staat mit einer abgeschlossenen Ausbildung und einer Frau, die man geheiratet hat und so weiter ?
Dimitri meinte letztens zu mir er wäre glücklich und er könnte sich nie ein anderes Leben als das diese vorstellen. Jetzt wollen wir doch mal genauer focussieren und betrachten, was Dimitri alles hat, was ich nicht habe. Er hat eine Frau und einen Sohn mit dieser und er arbeitet hart als Taxifahrer für Miete und Familie. Er steckt noch mitten im Studium, ich dagegen bin an das Ende meines Studiums gelangt. Vor allen Dingen finde ich hat er mehr Liebe in seinem Leben als ich. Er wird geliebt und liebt selbst und hat einen kleinen, netten Sohn. Aber all das strebe ich nicht unbedingt an. Nur eine feste Beziehung, die länger ausgerichtet ist als für 3-6 Monate würde mich konsolidieren. Natürlich habe ich Angst vor so einer Beziehung, aber ich würde sie dennoch herzlich begrüßen, wenn sie Wirklichkeit werden würde. Wann war ich jemals glücklich...ja ich freue mich auf den Glückstag, wo ich Sarah in meine Arme schließen darf und wo meine Lippen die ihren berühren, denn schon Albert Einstein behauptet, daß zwischen fünf Minuten Kartoffel schälen und fünf Minuten in den Armen einer schönen Frau , Welten liegen würden. Na denn.
Leider wird da zunächst auch nichts draus, denn am andern Tag erfahr‘ ich von Alex, daß Sarah den Cabrioletproleten geheiratet hat. Frauen stehen eben auf Geld.
Trotzdem: Ich freu‘ mich auf die Liebe...

Raus und aus.

Ja Liebe kann retten, uns einsame Seeleut und Astronauten , ja Kadetten; aber ich will keine Kinder. Ich will raus aus dem ewigen Kreislauf der Reproduktion. Wieso Reproduktion ? Ich will Reduktion. Ich will verschwinden und aufhören, daß sich meine Kinder und Kindeskinder zu Tode zu schinden. Ich kann diesem allem nichts abgewinnen und als mir Jakob auf der Autobahn erzählt, daß es jetzt am Flughafen Köln-Bonn die ersten Malariafälle gegeben hat, sage ich, daß das doch schön sei an der Malaria zu krepieren. Als ich zu Hause ankomme bin ich vollkommen ausgebrannt. Ich will gar nichts mehr machen, mich am liebsten wegkicken. Ein paar Schlaftabletten und einfach auskicken, wegkicken, nicht sterben, nein, nur schlafen, nichts mehr machen, aber auch das will mir nicht gelingen. Ich war mit meinem Bruder auf einer End-Dreißiger –Party auf dem Land. Nebenbei hatte ich da ein Rendez-vous mit Nina, die mir nach langem hin und her erklärte , daß ich zu alt sei, worauf ich nur kurz erwiderte, daß ich auch noch mit 50 so gut aussehe wie heute. All so ein Unsinn regt mich auf. Wieviele Megastars mit denen du gleich ins Bett steigen würdest sind über Dreißig und mit mir ist noch nicht mal Händchen halten. Aber im nachhinein bin ich froh, daß gar nichts zwischen uns geworden ist. Mich schreckt die soziale Komponente des gesamten Unternehmens „Mariechen-Liebesaffäre“ ab. Ich will nicht in dem Gesamt von Glaube, Sitte und Heimat einen Platz finden und mich mit 17-20 jährigen Lehrlingen umgeben, die doch nichts besseres vorhaben , als die ganze Zeit zu kiffen. So viel zu Nina.
Dann die Party. Genial nett. Gibt es so etwas wie nett?– Kinder sind toll und sie haben noch alle Illusionen dieser Welt. Das ist schön. Ich will mich aber nicht reproduzieren. Da sagt Jo, daß ich mich ruhig reproduzieren solle, es gäbe nie einen geeigneten Zeitpunkt für ein Kind und man würde sich niemals konsolidieren. Ich sage, ja Konsolidieren, das ist mein Stichwort, auch wenn ich das nicht schaffen sollte, so will ich dennoch zuerst mein Studium abschließen, wenn überhaupt. Vielleicht ändere ich meine Meinung mit Fünfzig. Egal. Ich will mich ja reduzieren. Wie ein Konzert, das

ausklingt. Nein. Schluß. Einfach Schlußakkord. Alles andere ist Hohn und Qual, außerdem hab ich mit den modernen Verhütungsmittel ja die Wahl und muß nicht wie die alten Römer zu Rinderdärmen als Präser greifen. Die Party macht mich nicht besonders an. Mich stört auch dieser ganze Aufzug um die Kinder. Ich bin Kind und bleibe Kind: Kind des Kosmos. Nein ich will nicht mehr. Das ist ein einziges Faß ohne Boden, eine einzige riesige Sisyphos –Arbeit, ein wirklicher Alptraum ohne Ende, den ich meinen Kindern nicht zumuten will.

Ich habe gelitten

Ja, ich glaube ich habe gelitten in all den Jahren. Kaum Freunde, kaum Liebe, außer von der Familie, ich habe gelitten wie Christus am Kreuz oder gar mehr.
Ich finde, dies kann man ohne Übertreibung sagen. Viele andere Menschen haben noch viel mehr gelitten als ich. Vielleicht scheint mir das alles aber auch nur so. Jakob sagte jetzt zu mir, daß er mich möge wegen meiner Gefühlstiefe. Das war doch mal ein ehrliches Wort. Ich bin emotional kreativer als andere Menschen, obwohl mir mein Psychoheini immer wieder Gegenteiliges zu verstehen gibt. Und diesen riesigen Leidensweg durch die Institutionen dieser Gesellschaft Deutschland möchte ich keinem Kind antun. In einem meiner Texte heißt es, daß der Philosoph seine Kultur haarscharf kenne, eben durch seinen Leidensweg durch letztere. Ich wollte mich nie kleinkriegen lassen vom System, aber ich bin auch schon domestiziert, weil man um ein paar Grundregeln nicht drum herum kommt.
Jakob meinte dann im weiteren, daß er mir eine Lebensregel mit auf den Weg geben wolle. Nämlich, daß man niemals anderen Menschen die Macht über sich selbst geben darf. Und wenn man es sich genau überlegt, dann ist das eine

Anleitung oder ein Aufruf zur Autonomie. Die Macht muß immer bei einem selber bleiben, man muß selbst die wichtigen Entscheidungen treffen; keiner darf einem das abnehmen. Ich muß sagen und das ist mein Fazit: Das Leben hier hat mich mehr frustriert, als das es mich erfreut hätte. Ich danke nicht meinen Eltern, daß sie mich ins Rennen geworfen haben, noch danke ich Gott. Trotzdem gebe ich zu, daß es da ein System, die Zeit, was auch immer gibt, die will, daß wir Menschen werden. Denn nicht umsonst hat jede Zeit Menschen hervorgebracht, die genau den temporären Problemen gewachsen waren.
Ich will es zum Schluß mit der Macht halten. Die Macht möge mit Euch sein...

Ein Weilchen

Es ist wieder Sommer.
Du bist gegangen, ich bin noch da.
Ich sitze am Rhein,
wo wir einst saßen.
Jetzt sag ich Adieu,
und denke: es ist wieder Hoffnung.
Doch alles was ich hoffe,
bewahrheitet sich nur sehr langsam,
ich hoffe, daß Du über mich und mein Werden wachst.
Jetzt bin ich stark,
und werde bleiben.

Dann hör ich das Rauschen, das Schlagen der Wellen,
und das Zittern der Pappeln im Wind,
hier find ich es; das ewige Tao,
hier weiß ich auch deinen Geist,
und denke, du wirst hier sein, wie auch immer...
und dann plötzlich weiß ich noch mehr,
nämlich, daß mein Weg schon sehr lange geht,
ich glaube es zumindest zu wissen,
und dich kenne ich auch schon so lang,
grad deshalb werde ich dich vermissen,
nicht so, daß ich dich bräuchte,
sondern so, wie ein Mensch einen Menschen im Herzen trägt.

Es ist wieder Sommer,
es werden noch viele für mich kommen,
weil du mich stark gemacht hast.
Ich werde noch ein Weilchen bleiben.

Wir sehen uns am jüngsten Tag

Elfie war alles egal. In der absoluten Depression zählt nur das eigene Subjekt, das man zum Verlöschen bringen will. Ganz egal ist einem, wieviel Leiden man über seine Angehörigen und seine Familie bringt. Elfie wollte nur eines: Sterben ! Zum Schluß hat sie gefragt: Wo geht es hier zum
Rhein ? Und dann hat sie sich ersäuft. Und das hat sie geschafft. Das Höchste gebe ihr die ewige Ruhe. Wir werden uns wiedersehen am Doomsday, am jüngsten Tag, wenn der Kreis dieses Ganzen, der bei Alpha begann, sich wieder in sein Omega schließt. Dann, wenn der lange Weg der Peripherie dieses Ganzen zurückgelegt ist, dann wenn das ganze All, alles Sein, alle Phänomenalität und alle Seinsarten wieder das Omega erreichen. Dann ist der Zeitpunkt des jüngsten Gerichts. Und dann in diesem letzten Moment unser Selbst und der gesamten Welt, endet die Möglichkeit einer Voraussage über den Fortlauf der Dimensionalität dieses Ganzen; denn 0,1 Sekunden vor dem Endkrach hört die Gesetzmäßigkeit der uns bekannten Physik und hören damit die uns bekannten physikalischen Gesetze auf Geltung zu beanspruchen...denn dann ist nur noch Gott da und wir werden sehen, was darauf folgt: Ein unendlich spannender, aufregender, unheimlich gigantomesker Moment, an welchem wir alle historischen Weltpersönlichkeiten, die je wirklich nachweisbar in dieser niederen Welt des Demiurg gelebt haben und damit das Los des Menschseins mit uns geteilt haben, kennenlernen und sprechen können. Es wird göttlich werden. Man kann nur andeuten, was und wie es sein wird. Wir werden es sehen, ja, wir werden es sehen, wenn wir uns alle wiedersehen am jüngsten Tag. Ich freue mich. Denn dann heißt es: Les jeux sonts faits. Und wir bedanken uns.